여행을 앞둔 당신에게

줄리아 카메론 지음
정신아 옮김

설렘과 기대,

낯섦과 두려움

사 이

중앙books
JoongAng Ilbo

차례

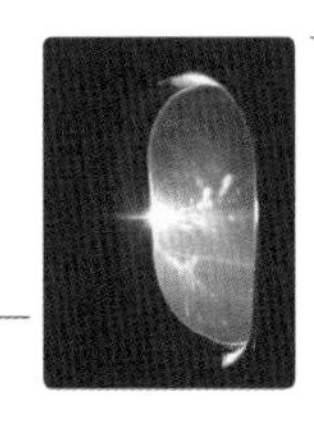

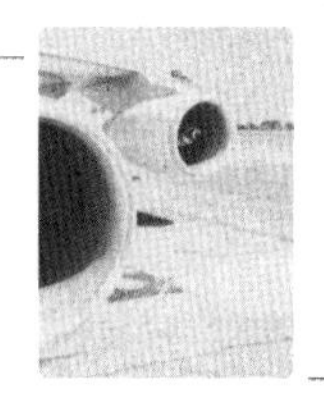

떠날 수 없는 이유가
떠날 수 있는 이유보다

훨씬 많다면

일요일 밤이다. 여행은 수요일에 떠나기로 되어 있지만 벌써부터 눈앞이 캄캄하다. 한참을 베개에 머리를 파묻고 누워 있어도 좀처럼 잠이 오지 않는다. 왠지 모를 불안과 공포 때문에 온몸이 쪼그라드는 것만 같다. 진정하자, 진정하자, 속으로 다짐을 해보지만, 쓸데없는 상상력은 이미 내 몸을 세상에서 가장 위험한 비행기 안으로 밀어 넣고 있다. 그리고 그 상상은 무시무시한 시나리오들을 만들어내며 끊임없이 나를 괴롭히기 시작한다.

조종사는 믿을 만한 사람일까? 비행기 몸체가 너무 무거워 제대로 날아오르지 못하면 어쩌지? 착륙기어가 고장이라도 난다면? 이런저런 생각에 마음이 어지럽기 짝이 없다. 시간은 벌써 자정을 지나 새벽 한 시, 두 시, 어느덧 세 시가 다 됐지만, 아직도 잠들지 못하고 있다. 그러다 혼자 중얼거린다.

"줄리아, 비행기 타려면 아직 며칠이나 더 남았다구. 진정하고 잠이나 자."

결국 기진한 채로 쓰러지듯 잠이 든다.

이따금 친구들에게, 비행기에 탈 생각만 해도 무서워 죽겠다고 속내를 털어놓곤 한다. "제발 날 위해 기도해줘." 이런 부탁을 덧붙여서 말이다. "놀러 가는 게 아니라 일 때문에 가는 여행이야. 그러니까 좋아서라기보단 어쩔 수 없이 가는 거라구." 그러면 친구들은 날 안심시키려는 듯 말한다. "그래, 널 위해 기도할게." "에이, 비행기 여행이 얼마나 안전한데." 이렇게 겁먹은 어린아이를 달래듯 부드러운 목소리로 날 진정시키려 하지만, 뿌리 깊은 두려움은 여전히 가시질 않는다.

"빨리 이성을 되찾으라구!" 혼자 중얼거리며 마음을 애써 추슬러보지만 사실 비행기 타는 걸 무서워하는 것과 이성적이지 못한 것은 서로 아무런 관련이 없다. 물론 통계상의 수치가 보여주듯 비행기가 추락할 가능성은 매우 희박하다는 사실을 잘 알고 있다. 하지만 이런 사실을 안다고 해서 불안이 완전히 사라지는 것은 아니지 않은가. 그래서 나는 특별히 최신 항공기를 보유하고 있다고 홍보하는 항공사를 고르고 골라 그곳에서 표를 산다.

'그런데 새 비행기라고 과연 괜찮은 것일까?' 어느새 나는 내 선택에까지 의구심을 품고 있다.

월요일, 하루 종일 일에 매달려도 모자랄 판에 머릿속은 온통 걱정으로 가득 차 있다. 일을 하다 말고 고개를 쳐들면, 내게 닥칠지도 모를 불길한 운명과 마주하게 된다. 요사이 내 머릿속을 지배했던 비행기 추락 장면을 상상하고 또 상상해본다.

딸 도미니카의 전화에 아무렇지 않은 듯 통화하려고 했지만, 역시나 딸은 속지 않는다. "엄마, 지금 비행기 타는 것 때문에 걱정하고 있지?" 그럼 난 마지못해 불안한 마음을 털어놓는다. "아이, 엄마도 참. 비행기 타는 걸 그렇게 무서워해서 어떡해." 이러면서 딸은 되레 나에게 엄마 노릇을 하려든다. 어느새 훌쩍 커버린 딸은 이제 나보다 더 용감하고, 더 지혜로운 사람이 된 것이다.

딸과 나는 작전을 짰다. 비행기를 타기 직전과 직후에 서로 통화하기로 말이다. 딸아이는 자신의 목소리가 내게 큰 위안이 된다는 것을 잘 알고 있다.

"거짓으로라도 용감한 척해. 그럼 무서웠던 마음도 사라질 테니까." 로저스와 해머스타인(작곡가 리처드 로저스와 작사가 오스카 해머스타인 2세는 브로드웨이 뮤지컬의 역사에서 중요한 위치를 차지하는 명콤비다 — 옮긴이)의 작품 〈왕과 나〉에서 흘러나오던 추억의 노래를 흥얼거려본다.

비행 당일이 되면 나는 딸과 통화를 하면서 용감함을 가장하여 아주 씩씩한 모습으로 비행기에 올라 내 좌석을 찾아갈 것이다. 그리고 휴대 전화를 꺼달라는 기내 방송이 나오면 딸에게 부랴부랴 작별 인사를 하겠지.

딸과 함께 이런저런 작전을 짜다 보면 마음이 진정되긴 하지만 근본적인 문제는 해결되지 않는다. 하루를 마치고 나면 또 어김없이 끔찍스러운 밤과 마주해야 하니.

신이시여!

저를 인도하시어

제게 주어진 시간을

허투루 사용하는 일이 없게 해주세요.

당신께 모든 것을 맡기겠습니다.

기도를 한다고 해서 불안감이 완전히 사라지진 않지만 적어도 허공에 대고 혼자 떠드는 것 같지는 않다. 분명 어떤 존재와 나는 소통하고 있는 것이다. 그리고 어디선가 응답이 들려온다.

두려워하지 마라.

걱정하지 마라.

나는 언제나 네 곁에 있을 것이다.

걱정해봤자 네게 이로울 것 하나 없다.

두려워 말고 네 운명을 내게 맡겨라.

너 자신을 내려놓아라.

나는 언제나 너를 도울 준비가 되어 있다.

부디 마음을 편안히 가져라.

마음을 편안히 가지라니……. 어떻게 하면 마음을 편히 가질 수 있을까? 잠자리에 들려면 아직 몇 시간은 더 있어야 한다. 얼마 동안 피아노를 칠 수는 있겠지. 하지만 그건 정말 잠깐일 뿐이다. 피아노를 친 다음에는 또 뭘 하지? 하릴없이 친구 제니퍼 베시에게 전화를 걸어본다. "영화를 보는 건 어때? 그럼 생각을 딴 데로 돌릴 수 있을 거야."

제니퍼의 권유로 극장을 찾았지만 하필 내가 선택한 영화는 총알과 포탄이 난무하는 액션무비였다. 결국 영화는 내 불안을 요만큼도 덜어주지 못한 채 끝이 났고, 신경만 잔뜩 곤두선 나는 운전에 각별히 유의하며 집으로 돌아올 수밖에 없었다.

영화를 보고 나니 어느새 밤이 성큼 다가온 것 같다. 또다시 뜬눈으로 지새울 밤을 걱정하면서 지친 몸을 침대에 누인다. 우울하고 쓸쓸한 기분에 사로잡힌 채, 허공을 향해 간절한 기도를 올린다.

저에게 제발 평화로운 마음을 허락해주세요.

당신이 있음을 느낄 수 있게
제게 은총을 베풀어주세요.
저를 지켜주시고
편히 잠들 수 있게 해주세요.

기도는 마음을 차분히 가라앉혀주는 효과가 있는 것만 같다. 다시 한 번 응답의 목소리가 내 귓가에 들린다.

너의 곁에 함께 있는 나를 느껴보아라.
내가 너를 지키고 인도하리니.
이제 조용히
너를 잠들게 하리라.

다행히 난 곧바로 잠 속으로 빠져들었고, 한 번도 깨지 않은 채 편안히 눈을 붙일 수 있었다.

무언가에 새롭게 도전하거나 시작하려 할 때

걱정거리가 생기고

긴장감에 휩싸이는 것은 어찌 보면 당연하다.

그렇다고 불안감을 주는 이러한 것들을

그냥 내버려두어서는 안 된다.

어떻게든 관심을 다른 곳으로 돌려

두려움에 대한 강박적인 집착을 덜어내야 한다.

그러기 위해 다음의 것들을 해보면 어떨까.

경쾌한 음악 듣기.

낱말퍼즐 하기.

영화 보기.

이야기를 잘 들어주는 친구와 전화 통화하기.

흥미로운 주제를 다룬 책 읽기.

에너지를 샘솟게 할 수 있는 것이면 무엇이든 좋다.

즐겁게 빠져들 수 있는 무언가가 있다면

불안은 저절로 해소될 것이다.

본격적으로 마음을 비워내는 시간,

여행

전날 밤

잠에서 깨니 화요일이다. 비행기를 타기 하루 전.

간밤의 평화는 사라지고 신의 은총도 이제 멀게만 느껴진다. 내 안에 거룩하고 신성한 존재가 머문다는 느낌은커녕 무시무시한 공포에 가까운 감정만이 남아 있다. 마음이 몹시 어수선하고 불안해서 글을 쓸 수도, 기도를 드릴 수도 없다. 그런 나 자신에게 화가 난다. "도대체 뭘 그렇게 겁내는 거야?" 스스로에게 다그쳐 묻기도 해본다.

아마도 그 공포의 근원에는 '죽음'이 도사리고 있기 때문일 것이다. 정말로 나는 죽음이 두려워서 이토록 겁을 내고 있는 걸까? 인생의 마지막 순간이 닥치면 담담하게 죽음을 받아들이겠노라고 늘 다짐해왔던 내가 아닌가. 그런데도 왜 아직까지 '죽음'을 두려워하고 있는 걸까. 비행기를 탈 생각만 하면 심장이 두방망이질치고 왠지 모를 두려움이 엄습한다. 그러면 난 영락없이 겁에 질린 어린아이가 돼버린다. 내가 두려워하는 건 어쩌면 죽음 그 자체보다 죽음 직전의 순간일지도 모른다.

또다시 내면을 응시하는 눈은 비행기 안을 향한다. 공포와 혼란으로 아수라장이 된 그곳의 모습이 너무도 생생하게 펼쳐진다. '왜 일어나지도 않은 일을 미리 걱정하고 있는 거지?' 또 한 번 자신에게 묻는다. 도대체 뭘 어떻게 해야 끊임없이 날 괴롭히는 이 무시무시한 마음속 시나리오들을 몰아낼 수 있을까?

당신이 비록 날개 없이 태어났다고 해도
날개가 자라는 걸 막는 일만큼은 하지 말라.

-코코 샤넬-

배우이자 낙천적인 성격의 소유자인 친구 제인 세실에게 전화를 걸어 또다시 속내를 털어놓는다.

"제인, 나 비행기 탈 생각을 하니 무서워 죽겠어."

제인은 부드럽게 다독이는 목소리로 "아무 일도 없을 거야. 막상 비행기를 타면 오히려 신이 나서 힘든 줄도 모를 거야. 사실 나도 뉴욕에서 로스앤젤레

스까지 비행기를 타고 왔다 갔다 할 때면 무척 겁이 났거든. 그럴 때마다 내가 거길 왜 가야 하는지 그 이유들을 하나씩 차근차근 생각해봤어. 답은 간단하더라. 동생을 만나는 게 너무 좋고 행복하니까 두렵더라도 기꺼이 그곳에 가려고 했던 거야."

"난 그 정도로 보고 싶은 사람이 없는걸." 제인에게 말한다. "일 때문에 생전 처음 보는 사람들을 만나러 가는 거지."

"하지만 그 사람들을 좋아하게 될 수도 있잖아?" 라고 제인이 반문한다. "네가 그곳 사람들이 아주 괜찮은 것 같다고 말한 적도 있어."

"내가 그런 말을 했다고? 삐딱한 내가 그런 칭찬을 했을 리가 없는데……."

제인은 통화 내내 내 앞에 놓인, 피할 수 없는 이 상황을 긍정적으로 받아들여야 한다는 사실을 내게 납득시키려 한다. "잠자는 시간 빼고는 항상 널 위해 기도할게." 제인이 말한다. "도착하거든 곧바로 전화해. 여행에서 돌아오면 저녁 식사나 같이 하자. 분명 즐거운 여행이 될 거야. 걱정 마."

그러나 언제나 그랬듯 제인의 낙천주의는 나의 염세주의를 이길 수 없다.

이번에는 또 다른 친구인 소냐 초켓에게 전화를 걸어 도움을 청한다. 심령술사인 소냐는 누구보다 건강한 마음을 지닌 친구다. 소냐에게 늘 나를 괴롭히는 이 고민을 털어놓자, 그녀 역시 제인처럼 괜찮을 거라며 날 안심시키려 한다. 소냐라면 나에게 진짜로 재앙이 닥칠지 어떨지 알 수도 있지만, 그렇다고 그녀가 모든 사람의 미래를 꿰뚫고 있는 건 아니니 마냥 안심할 수만은 없다.

"신경이 예민해져서 그래. 마음을 좀 편히 가져봐." 소냐는 재차 말한다. "일종의 무대 공포증 같은 거야. 네가 말하는 과민 증상은 보통 사람이라면 누구나 하나씩은 가지고 있어. 긍정적으로 생각하려고 노력해봐. 좋은 일은 믿는 만큼 생기는 법이니까."

인간과 달리 새들이 날 수 있는 이유는,
새들은 날 수 있다는 전적인 신념이 있기 때문이다.
신념을 갖는 것은 곧 날개를 다는 일과 같다.

-J. M. 배리-

그녀와 전화를 끊자마자 마음을 다잡고 이번 여행을 떠나는 그럴싸한 이유들을 머릿속에 떠올려본다. "이번 여행은 흥미진진한 모험이 될 거야."

그렇다. 여기저기 관광도 다니고 다양한 사람들도 만나게 될 것이다. 여행 경비를 충당하고도 남을 만큼 돈도 많이 벌겠지? 게다가 그곳에는 내 강의를 기다리는 학생들도 있다. 그들에게 내가 펴낸 교재를 나눠줄 생각을 하니 벌써부터 마음이 조금 설레는 듯도 하다.

어디로 가야 할지 모른 채 공중을 하염없이 헤맬 때,
우리는 비로소 자신의 두 날개를 펴고 날기 시작한다.
그리고 진짜 기적은 두 날개를 펼칠 때 일어난다.
가야 할 방향을 모르더라도 날개를 펼치고 있는 동안
적어도 한 가지는 알 수 있기 때문이다.
바람이 우리를 데려다 주리라는 것을.

-C. 조이벨-

여행을 해야 하는 긍정적인 이유들을 애써 되뇌며 기분을 내보지만 별 소용이 없다. 여행 때문에 느끼는 공포에 비하면 그것들은 죄다 구차한 핑계에 불과하다. 갑자기 배가 당기면서 아프다. "슈퍼에 가서 짭짤한 크래커나 사올까? 아냐. 신경이 예민해져서 그래." 그렇게 결론을 내리고 나니 냉장고에 반병 정도 남아 있는 진저에일이 문득 생각난다. 그게 적어도 이 순간만큼은 나를 편안하게 해주겠지 하는 마음에 한잔을 벌컥 들이켠다. 그러나 별 효과가 없다.

몸을 치료할 수 있는 방법이야 무수히 많겠지만 지금 내게 필요한 건 무엇보다 '영적 치유'가 아닌가! 지칠 대로 지치고 예민해진 나는 결국 기도에 모든 걸 내맡기기로 한다.

저의 두려움을 없애주시고
제 마음을 평온하게 해주세요.
정신을 똑바로 차릴 수 있게 도와주시고
제가 무엇을 해야 하는지도 깨닫게 해주세요.

언제나 그랬듯 기도는 불안한 마음을 차분히 진정시켜준다. 절대적 존재에게 빌다 보면 해답까지는 아니어도 해답으로 가는 '방향' 정도는 알 수 있게 된다. 마음이 한결 차분해지면서 내가 꼭 해야 할 일이 무엇인지를 알게 되는 것. 응답이 있는 기도란 바로 이런 게 아닐까.

"그래, 더 이상 신경 쓰지 말자." 혼자 중얼거리며 가방을 꺼내 든다. "이제 짐을 쌀 시간이야."

세계는 한 권의 책이다.
여행하지 않는 사람들에게 이 세상은
한 페이지만 읽은 책과 같다.

-성 아우구스티누스-

무슨 일을 하고자 할 때 첫발을 내딛기가 두렵다면,

그 일을 왜 꼭 해야 하는지에 대해

세 가지만 생각해보길 바란다.

그 일을 해야 하는 '이유' 세 가지만 찾는다면

실천 의지도 강해지고, 훨씬 즐겁게 받아들일 수 있다.

스스로의 마음을 이성적이고 객관적으로 바라볼 수 있다.

또한 불안하고 떨리는 마음도 쉽게 다스릴 수 있을 것이다.

준비가 된 건지, 안 된 건지

펜을 쥐고 책상 앞에 앉아 여행 가방에 넣어야 할 물건 목록을 적기 시작한다. 속옷, 여벌의 셔츠와 바지, 양말, 샴푸, 칫솔과 치약, 여권……. 목록은 끝도 없이 이어진다.

전에는 이런 목록도 없이 짐을 쌌다. 내내 뭉기적거리다가 여행 떠나는 당일 아침이 돼서야 가방을 챙기는 일이 다반사였다. 비행 공포를 잊기 위한 나름의 묘책으로, 스스로에게 '여행은 나와 상관없는 것'이라고 최면을 건 채 하루하루 지내다가 더 이상 피할 수 없는 순간에 다다르면 후다닥 해치우듯 짐을 싸버렸던 것이다.

하지만 이런 짐 꾸리기 방식이 나에게 전혀 도움이 되지 않았음을 깨닫는 데는 그리 오랜 시간이 걸리지 않았다. 여행하는 데 꼭 필요한 물건들만 쏙쏙 골라가며 빠뜨리고 온 탓에 불편했던 순간들이 한두 번이 아니었기 때문이다. 덕분에 지금은 반드시 여행 하루 전에 필수품 목록을 적고 미리 짐을 꾸려놓는다. 물론 간절한 기도 역시 필수다.

제가 제대로 짐을 꾸릴 수 있게 도와주세요.
빠짐없이 챙길 수 있도록 살펴주세요.
여행에 필요한 것들을 모두 기억하게 하시고,
더 보태거나 빼는 것 없이 꼭 필요한 것들을
챙겨갈 수 있게 해주세요.

기도를 하고 나면 머릿속은 어느새 맑아져 있다. 목록은 계속 이어진다. 강의에 필요한 책들, 강의안, 방향제, 향초……. 이렇게 목록에 적힌 물건들을 조금은 낡은 듯한 여행 가방 속에 하나하나 챙겨넣는다. 그런 다음 가방 손잡이에 빨간 리본을 묶어둔다. 이렇게 표시를 해두면 쉽게 눈에 띄어서 수화물 수취대에서 짐을 빨리 찾을 수 있을 뿐만 아니라 남의 가방과 바뀔 걱정도 없다. 혹시나 빠진 게 있는지 확인하기 위해 목록을 다시 한 번 훑어본다. 목록에 적힌 물건들을 가방 안에 모두 담으면 현관문 앞에 가져다놓는다.

이제는 기내용 가방을 쌀 차례다. 요즘 읽고 있는

책, 복용하는 약, 갑자기 아이디어가 떠올랐을 때 곧바로 메모할 수 있는 태블릿……, 이 모든 짐들을 꾸리고 난 뒤 드디어 잠자리에 들 준비를 한다.

준비에 실패하는 것은 실패를 준비하는 것이다.

-벤저민 프랭클린-

보통은 밤 아홉 시 반쯤에 잠이 들지만, 열한 시 반이 된 지금까지도 여전히 잠들지 못한 채 누워 있다. 새벽에 일어나야 하므로 알람을 맞춰두긴 했지만 또다시 불안감이 엄습해온다. '아침에 잘 일어날 수 있을까?', '모닝 페이지(매일 아침, 의식의 흐름을 풀어놓는 장으로 줄리아 카메론이 쓴 『아티스트 웨이』에서 창조성을 깨우는 도구로 소개돼 있다 — 옮긴이)를 쓸 시간은 있어야 할 텐데…….'

어느덧 열두 시 반이다. 불안은 곧 현실로 나타났다. 충분히 자야 하는데 그러지 못했으므로 두 배는 더 힘든 여행이 될 것이다. 불현듯 제인이 했던 말이 떠오른다. 때로는 힘들고 지쳐 있을 때 세상일을 더 쉽게 해치울 수 있는 거라고. 그녀의 지론이 정말 옳은지 테스트해볼 기회가 온 것이다.

인간이 현명해지는 것은 경험 때문이 아니라,
경험에 대처하는 능력 때문이다.

-조지 버나드 쇼-

알람이 울렸다. 예상했다시피 내 몸은 녹다운 상태다. 잠을 잔 시간이라고 해봤자 겨우 네 시간 반. 침대에서 빠져나와 가장 먼저 주방으로 가서 진하게 내린 커피 한 잔을 들고 서재로 향한다. 커다란 가죽 의자에 앉아 노트북을 켠다. 조금 더 자고 싶은 마음을 꾹 누르고 작업할 페이지를 찾는다. 그러고는 나 자신과 내가 아끼는 사람들을 위해 짧은 일기 같은 글을 쓴다. 날이 차츰 밝아오고 있다.

창밖을 내다보니 새들이 모이통에 몰려들어 모이를 먹고 있다. 그들 가운데 딱따구리가 섞여 있는 것을 보니 왠지 기분이 좋아졌다. 딱따구리는 크고 화려해서 어디서든 눈에 잘 띄는 새다. 옳지! 딱따구리도 나와 눈을 마주친다. 불안함을 느꼈는지 녀석은 얼마 안 있다 훌쩍 날아올라 내 시야에서 벗어난다.

사실, 오늘 아침에는 왠지 오르기 힘든 언덕을 마주한 듯 버거운 기분이 든다. 글을 쓰는데도 진도가 영 더디다. 마음속에 떠오르는 대로 '겁이 난다.'라고 쓴다. 그러고 나니 정말로 겁이 난다. 나는 지금 비행기를 타는 것뿐만 아니라 비행기를 놓칠 것까지 걱정하고 있는 것이다.

날 수 있을지 없을지를 의심하는 순간,
당신은 영원히 날 수 없게 된다.

-J. M. 배리, 『피터 팬』-

공항으로 가려면 셔틀버스를 타야 하는데, 그 전에 먼저 집에서 기르는 타이거 릴리를 애견 호텔에 데려다 주어야 한다. 별일이 없는 한 셔틀버스로 공항까지 가는 데는 한 시간가량 소요될 것이다. 유의해야 할 점은 앨버커키의 출퇴근 시간은 무조건 피해야 한다는 것이다. 이곳의 교통 혼잡은 몹시 끔찍한 수준으로 가는 도중 만일 사고라도 난다면 열 시나 돼야 공항에 도착할 수 있기 때문이다.

허겁지겁 옷을 챙겨 입고 노트북은 가방에 쑤셔 넣은 채 버스를 타러 나간다. 공항까지 태워다줄 차는 예정보다 5분 일찍 도착했다. 모닝 페이지는 3분의 2 정도 썼으니 마지막 페이지는 탑승 게이트에 가서나 써야 할 것 같다.

운전사는 내 이웃인 렉스 오펜하이머다. 그는 이 동네 지름길이란 지름길은 훤히 꿰고 있다. 렉스는 내 가방을 차 트렁크에 싣고, 난 타이거 릴리를 뒷좌석에 태운다. 우리는 산 아래로 차를 출발시킨다.

희망차게 여행하는 것이 목적지에 도착하는 것보다 좋다.

-로버트 루이스 스티븐슨-

애견 호텔에 개를 맡기려면 서류를 하나 작성해야 한다.

개가 가지고 놀 뼈다귀가 있나요?

(네, 사슴뼈 장난감이 있어요.)

사고가 날 경우 연락할 수 있는 사람의 이름과 전화번호는?

(앨버타 호스타인, 505-456-xxxx)

앨버타는 말 사육장을 운영하고 있어서 동물이 위급 상황에 처했을 때 능숙하게 대처할 줄 안다. 한마디로 내가 없을 때 나를 대신해 올바른 판단을 내려 줄 가장 믿음직한 친구다.

서류를 다시 한 번 훑어본 뒤 잘 다녀오겠노라며 타이거 릴리의 등을 쓰다듬어준다.

우리가 탄 차는 셔틀버스 정류장을 향해 속도를 올리며 달리기 시작했다. 렉스는 이 골목 저 골목을 누비며 내처 달렸다. 그 덕에 예상보다 10분 일찍 워터 앤 샌도벌 거리에 도착했다.

"휴대폰은 잊지 않았지?" 렉스가 묻는다.

"응, 가지고 있어."

"셔틀버스는 금방 올 거야."

"일찍 도착해서 다행이야."

"긴장한 것 같아."

"응, 늘 그렇지, 뭐."

"하지만 언제나 별일 없이 잘 지나갔잖아."

"지금까지는 그랬지."

렉스는 내 비관적인 태도에 웃음을 터뜨린다.

그는 한마디로 낙관적인 삶을 사는 사람이다. 나와는 반대로 여행을 좋아하는 그는 역시 나와는 반대로 모험을 하듯 여행을 잘 떠난다. 심지어는 좋아서 어쩔 줄 몰라 하며 여행 그 자체를 즐긴다. 그는 인도, 호주, 뉴질랜드를 거쳐 유럽 전역을 여행하고 돌아오기도 했다. 그는 여행에서 맞닥뜨린 불운과 재난으로부터 엄청난 이야깃거리를 만들어내려고 작정이나 한 듯 적극적으로 모험을 즐긴다. 그런 그의 용기는 감탄스럽지만 그렇다고 그를 따라 할 수는 없지 않은가. 제시간에 공항에 닿지 못하면 어쩌나, 불안에 떨며 셔틀버스를 기다리는 겁 많고 소심한 인간이 바로 나인데 말이다.

남들보다 더 잘하려고 고민하지 마라.
지금의 나보다 잘하려고 애쓰는 게 더 중요하다.

-윌리엄 포크너-

여행을 떠날 준비를 할 때 불필요한 걱정을 덜기 위한 몇 가지 방법이 있다.
우선, 미리 계획을 세워야 한다. 순조로운 여행을 위한 계획을 세우는 데
가장 중요한 것은 바로 앞에서도 말했듯이 여행 가방에 넣어야 할 물품 목록을
작성하는 것이다. 옷, 신발, 화장품, 비상약, 전자기기(충전기 포함),
독서와 기록에 필요한 문구류, 여권이나 증명사진, 선물 등 여행 도중에 필요한
물건들은 꼼꼼하게 정리해 챙기도록 하자. 또한 신변에 이상이 생길 경우를
대비해 이와 관련한 서류나 물품들도 꼭 목록에 추가해 넣는다.
이렇게 하면 중요한 걸 잊어버리거나 잃어버리는 일이 훨씬 줄어들 것이다.
또 비행 당일, 공항에 가는 방법도 미리 숙지해둔다. 택시를 탈 예정이면
미리 예약해두고, 대중교통이나 셔틀버스를 이용한다면 시간대를 확인해두자.
마지막으로 여행을 떠나기 전 꼭 해야 할 일에 대해서도 목록을 만들어
점검하도록 하자. 탑승권 복사, 휴대 전화 충전, 음성사서함 메시지 변경,
쓰레기 버리기 등 자잘한 일상의 일들을 미리 적어서 준비해두면
여행을 떠나는 발걸음이 한결 가벼워질 것이다. 또 현관문 옆에
가방을 내다 놓을 곳도 미리 정해두거나, 휴대 전화와 지갑, 기내용 가방,
입을 옷을 미리 꺼내두면 여행 당일에 준비하는 데 소요되는 시간을
아낄 수 있다.

공항으로 가는 길

셔틀버스는 정확한 시간에 갓길로 들어선다. 버스 운전사 프랭크가 보도 쪽으로 차를 대자 렉스는 차 트렁크에서 내 여행 가방을 꺼내 셔틀버스로 옮겨 싣는다. 차에서 내린 나는 승객 명단을 들여다보고 있는 프랭크에게 "줄리아 카메론이에요."라고 이름을 말해준다. 그는 내가 말한 이름과 명단을 대조해 보더니 "아메리칸 항공 승객인가요?"라고 묻는다. "네, 맞아요." 나는 고개를 끄덕인다. 대답이 떨어지자마자 그는 내 가방을 수하물 칸에 집어넣는다.

"기사님, 조수석에 앉아도 될까요?"

"물론이죠." 프랭크가 선선히 대답한다.

나는 렉스에게 작별과 감사의 뜻을 담아 가벼운 키스를 건넨다. 그런 다음 운전석 옆 조수석으로 올라가 앉는다. 프랭크가 들고 있는 승객 명단을 흘깃 넘겨다보니 셔틀버스를 이용할 승객이 만원이다. 모두가 제시간에 와주길 속으로 가만히 빌어본다.

승객들이 하나둘 셔틀버스에 올라타는 동안, 약속한 대로 딸 도미니카에게 전화를 건다. "나 지금 셔틀버스에 탔어." 딸에게 보고를 올린다. "비행기 타려면 세 시간이나 남았어. 아마 한 시간 뒤면 공항에 도착할 거야."

"하늘을 나는 비결이 있단다. 천사들이 내게 알려주었지."
그는 눈을 크게 치켜뜬 채로 잔뜩 겁에 질린 나에게
미소를 지어 보였다. "너는 인간으로서 네가 알고 있는
모든 걸 지워버려야 해. 네가 인간일 때는 지상에 있는
것이 너무나 싫어서, 마치 그것만으로도 하늘을 날 수
있을 것 같았겠지. 하지만 그것만으론 불가능해." 나는
그의 말을 전혀 이해할 수 없어 눈살을 찌푸리며 물었다.
"그러니까 그 비결이 뭐죠?" "바로 하늘을 사랑하는 거지."

-앤 포르티에, 『줄리엣』-

"목소리가 밝은데?" 도미니카의 목소리가 휴대 전화를 통해 흘러나온다. "이젠 여행이 무섭기만 한 게 아니라, 조금은 설레는 모험처럼 느껴지지 않아요?"

"그래, 모기 똥만큼." 지난번 딸이 알려준 대로 용감한 척을 해본다. "비행기가 도착하면 다시 전화할게."

왜 이렇게 신경이 곤두서 있는 걸까? 왜 이렇게 겁을 집어먹는 걸까? 셔틀버스를 타고 가는 내내 이

문제를 붙들고 씨름을 한다. 한때는 나 역시 두려움을 모르던 열혈 여행자였다. 그렇다면 그사이에 무슨 일이 있었던 걸까? 이제껏 비행기 사고를 당한 적은 한 번도 없었다. 그 비슷한 것조차 경험해본 적이 없다. 특별한 이유도 없이 언제 어떻게 두려움이 내 마음속에 이토록 깊이 뿌리를 내리게 된 걸까?

여동생 리비도 비행 공포증이 있는데 비행기를 아예 타지 않는 것으로 문제를 간단히 해결했다. 하지만 나는 그런 선택이 조금도 달갑지 않다. 난 용감해지고 싶고, 현대적인 인간이 되고 싶으니까.

나의 비행 공포증은 단순히 비행기를 타는 것에 대한 두려움이 아니라 그보다 더 넓은 의미의 '어떤 것'에 대한 두려움임에 틀림없다. 대체 무엇이 내 마음속에 뿌리 깊은 불안감을 심어준 걸까? 차창 밖으로 사막의 풍경이 수마일에 걸쳐 스쳐 지나가는 동안 나는 생각에 잠겼다. 그것은 아마도 인간이 통제할 수 없는 그 '어떤 것'에 대한 두려움이 아닐까?

세상을 살다 보면 우리가 갖고 있는 능력으로는

도저히 통제할 수 없는 수많은 일들에 부딪힌다. 그 중에서도 비행은 우리의 통제를 거부하는 모든 것들을 대표하는 하나의 완벽한 상징이 아닐까 싶다. 혹시 당신도, 몸을 오롯이 내맡겨야 하는 것에 대한 두려움을 하나쯤은 갖고 있지 않은가? 비행기를 탈 때는 내 의지와는 상관없이 목숨을 내맡겨야 한다는 암묵적인 요구를 받게 돼 있다. 그리고 어쩌면 내가 그렇듯이 당신에게도 이 문제에 관해 털어놓을 수 있는 신뢰할 만한 누군가가 있을지 모른다. "비행기에 올라타면 그저 '난 죽은 몸이다.' 생각해. 사고를 당할 수도 있다고 말이야." 이런 식으로 태평하게 말해줄 수 있는 친구 말이다. 친구의 그런 말에 난 얼마나 여러 번 고개를 끄덕여주었던가! 이 말이 나를 좀 더 강하게 만들기 위한 채찍임을 알고 있었으므로.

당신 스스로가 하지 않으면 아무도 당신의 운명을
개선시켜주지 않을 것이다.
-B. 브레히트-

버스가 계속해서 창밖 풍경을 지나쳐 달리는 동안에도 이런저런 생각들이 나를 붙잡고 놓아주지 않는다. 또다시 기도를 올린다.

전 지금 앞으로 어떤 일이 일어날지
모른다는 사실이 두렵습니다.
제 뜻대로 되는 게 없다는 사실이 두렵습니다.
부디 제가 안전함을 느끼게 해주세요.
부디 제 삶을 당신 손으로 품어주세요.

문득 자연의 세계를 생각해본다. 해와 달은 한 치의 오차도 없이 미리 정해져 있는 제 길을 따라간다. 별과 행성들 역시 복잡하지만 빈틈없는 계산으로 짜여진 춤사위로 움직이면서 각자에게 꼭 알맞은

자리를 차지한다. 계절은 완벽하게 타이밍을 맞춰서 오고 간다. 크고도 경이로운 어떤 존재가 이 모든 것들을 계획했음이 분명하다. 또한 이 미지의 존재야말로 우리가 안심하고 의지할 수 있는 존재임이 분명하다.

셔틀버스가 시속 120킬로미터로 고속도로를 무섭게 치달리는데도 내 마음은 도리어 차분히 가라앉는 것 같다. 버스는 기다란 세단 자동차들 옆을 쌩쌩 지나쳐간다. 그러고 보면 왜 비행기가 자동차보다 안전하다고들 하는지 알 것 같다. 이 버스 안에 있는 사람들 역시 운전을 하는 프랭크의 양손에 목숨이 달려 있다고 해도 과언이 아닐 것이다. 그는 기민할뿐더러 안전 운전이 무엇인가를 보여주는 아주 훌륭한 버스 기사다.

차창 밖으로 스쳐 지나가는 사막의 풍경을 가만히 응시한다. 그 황량한 풍경은 지금의 내 기분과 완벽하게 맞아떨어진다. 몇 마일씩이나 펼쳐져 있는 지형은 꼭 달 표면을 닮았다. 갑자기 나타난 조랑말 한

무리가 아니었다면 이곳을 아무것도 살지 않는 황무지인 줄로만 알았을 것이다. '저 녀석들은 먹이를 어떻게 구하는 걸까?' '무얼 먹고 물은 또 어디서 마시지?' 조랑말들의 몰골은 차마 눈 뜨고 볼 수 없을 정도로 형편없었다. 마르다 못해 거죽 밑으로 앙상한 뼈가 훤히 드러나 있었다. 마음만은 녀석들에게 먹을 것도 주고 물도 구해다가 마시게 하고 싶지만 버스는 속도를 내어 그들을 금세 제쳐버린다. 시야에서 사라진 야생 조랑말들은 차창 밖 풍경에 지나지 않는, 희미한 기억의 잔상으로만 남을 뿐이다.

공항에 도착하자마자 여행 일정을 모두 취소해버리고 이 버스를 타고 다시 집으로 되돌아가는 뜬금없는 상상을 해본다. 내가 정말 여행을 가지 않는다면 어떻게 될까? 많은 손해를 볼까? 물론 돈을 날리겠지만, 가장 중요한 것은 바로 프로로서 자존심에 금이 간다는 것이다. 만일 어떤 일에 대한 두려움으로 그것과 제대로 마주하지 못한다면 어떤 기분이 들까? 그렇게 보면 이번 여행은 내게 하나의 '도전'

이다. 용감하게 선택하고 적극적으로 헤쳐나가야 하는. 그렇다. 어차피 피할 수 없는 것이라면 그에 대한 준비를 철저히 해둘 수밖에 없다. 따라서 나는 위험에 대비해 바람, 구름, 비 등 기상 상태를 미리 체크해두었다. 일기예보를 보니 비는 내리지 않겠지만 대신 바람이 분다고 한다. 내 용감한 결단을 우롱하기에 충분히 거센 바람이지만 그렇다고 결항이 될 정도는 아니다.

버스가 공항에 가까워질수록 공포감은 한층 고조된다. "혹시 이런 게 육감이 아닐까?" 괜스레 혼자 중얼거려본다. 불현듯 9·11 테러사건이 일어났을 때 운 좋게 이를 피했던 사람들의 이야기가 뇌리를 스친다. 자기들의 본능적인 예감을 믿었던 덕분에 그들은 목숨을 부지할 수 있었다. 내 몸을 휩싸고 있는 이 불길한 예감 역시 위험에 대한 경고 메시지가 아닐까? 내가 느끼는 이 무서움은 일종의 전조일까? 아니다. 고개를 강하게 내저으며 마음을 다잡는다. 이건 재난사고를 예고하는 것이 아니라 단지 나 혼자 느끼는 공포감일 뿐이다. 만약 내가 도박꾼이라면 이 비행이 안전하다는 쪽에 가진 돈을 다 걸겠다. 그렇게 마음을 먹었는데도 여전히 두렵기는 하다. 다시 기도를 올린다.

부디 제 두려움을 잠재워주세요.
당신이 지금 여기에 계심을 느낄 수 있게 해주세요.
당신이 저를 지키고 인도해주신다는 것을
믿을 수 있게 해주세요.

나의 기도에 이런 응답이 돌아온다.

모든 게 다 잘 돌아가고 있단다.

셔틀버스가 공항 출입구 쪽으로 향한다. 안전 운항을 끝마친 비행기들이 활주로에 내려앉는 모습이 보인다. 잠시 후면 이륙하는 비행기에 탑승해 있을 테고 또 얼마 지나지 않아 다시 착륙을 하게 되겠지?

"뭐 별일 아니니까." 혼자 중얼거린다. "쫄 거 하나도 없어." 그러나 한편으로는 두려움이 뼛속까지 파고든다. 불안이 여전히 내 마음속에 단단하게 똬리를 틀고 있음을 느낀다.

프랭크가 보도 승하차대에 버스를 세운다. 내가 이용할 항공사는 첫 번째 정류장 쪽에 있다. 좌석에서 몸을 일으킨 뒤 프랭크에게 안전하게 공항까지 데려다 주어 고맙다고 인사를 전한다. 그러고는 꼭 그럴 필요는 없지만 얼마간의 돈을 팁으로 쥐여준다. 그는 고맙다는 인사를 건네고는, 운전석에 오르더니 이내 정류장을 떠난다.

원근법이라는 연금술 덕분에 나의 세계, 나의 또 다른
삶이 컵 속의 모래알처럼 보일 수 있다는 걸 깨달았다.
나 아닌 다른 사람의 이야기에 귀를 기울이며 신뢰하는
법을 배웠다. 그리고 여기저기 돌아다니는 법을 배웠다.
꿈꾸는 어린아이라면 누구나 다 알아야 할 필요가 있는 것,
즉 넘어서거나 건너뛸 수 없을 만큼 그렇게 먼 지평선은
세상에 없다는 사실을 알게 되었다.

-베릴 마크햄, 『아프리카를 날다』-

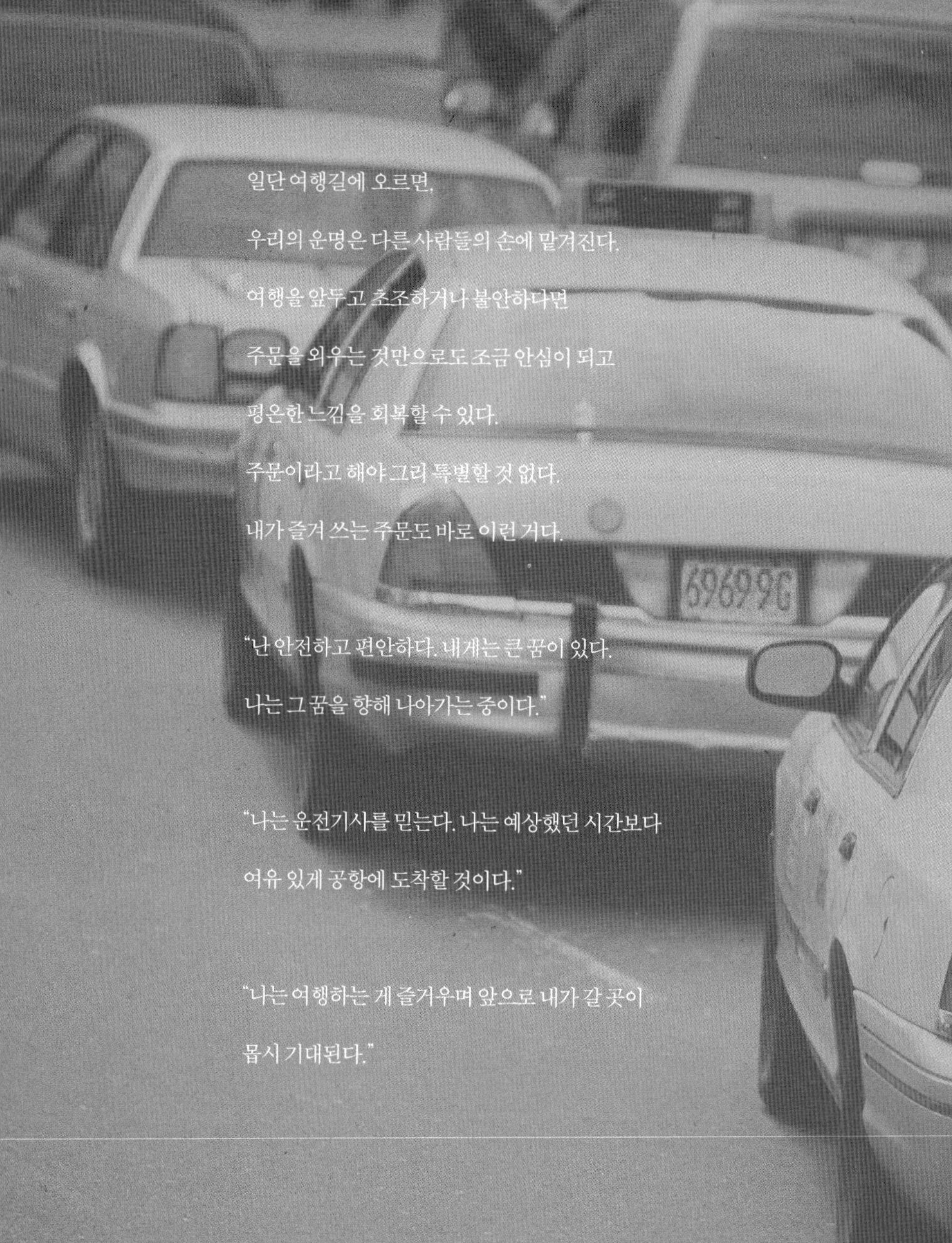

일단 여행길에 오르면,

우리의 운명은 다른 사람들의 손에 맡겨진다.

여행을 앞두고 초조하거나 불안하다면

주문을 외우는 것만으로도 조금 안심이 되고

평온한 느낌을 회복할 수 있다.

주문이라고 해야 그리 특별할 것 없다.

내가 즐겨 쓰는 주문도 바로 이런 거다.

"난 안전하고 편안하다. 내게는 큰 꿈이 있다.

나는 그 꿈을 향해 나아가는 중이다."

"나는 운전기사를 믿는다. 나는 예상했던 시간보다

여유 있게 공항에 도착할 것이다."

"나는 여행하는 게 즐거우며 앞으로 내가 갈 곳이

몹시 기대된다."

뻔한 일상과 낯선 일상의

간극 사 이

여행 가방을 끌고 공항 직원이 있는 카운터를 향해 발걸음을 옮긴다.

"어디로 가세요?"

직원이 묻자 그에게 내 행선지와 항공편을 일러 준다.

"공항에 일찍 오셨네요."

"네, 그러네요."

"여권 좀 보여주시겠어요?"

여권을 건네자 그는 신원을 확인한 다음 돌려준다.

"화물로 부칠 가방은 그거 하나인 거죠?"

"네."

"그럼 25불이에요. 결제는 신용카드로 하셔야 해요."

"여기 있어요."

그에게 신용카드를 건넨다. 내 손을 떠난 신용카드가 결제를 마치고 다시 내 손으로 돌아오는 동안 컴퓨터가 윙 소리를 내며 탑승권과 여행 가방 인수증을 출력해낸다.

"뉴욕까지 운반되는 거 맞는 거죠?"

"네, 수속은 다 끝났습니다."

"고마워요. 정말 고마워요."

"B-3 게이트에서 탑승하시면 됩니다. 그런데 한 시간 반 이후에나 탑승하실 수 있을 거예요."

"고마워요. 제가 일찍 서두르는 편이라서."

"정말 그러신 것 같네요. 즐거운 여행 되세요."

"고마워요."

"안녕히 가세요."

행운은 마음의 준비가 되어 있는 사람에게만 미소를 짓는다.

-파스퇴르-

탑승권을 들고 출국 수속을 밟으러 출입국장으로 간다. 출국을 담당하는 직원이 탑승권과 여권을 보여달라고 한다. 여권을 건네자 그는 누가 봐도 나라고 할 수밖에 없는 여권 사진을 흘깃 보며, 통과 사인을 내준다. 이제는 검색대를 무사히 통과하는 일만 남았다. 코트며 구두, 벨트 등을 차례로 벗어서 바구니 안에 넣고, 지갑과 서류 가방은 다른 바구니에 담는다. 마지막으로 노트북을 또 다른 바구니에 넣고 스캐너를 통과하는데 갑자기 경고음이 울린다. 아까부터 불안에 떨고 있던 나는 갑자기 들려온 날카로운 소리에 또다시 두려움을 느낀다. 결백하다는 걸 스스로 잘 알면서도 왠지 죄를 지은 것처럼 가슴이 철렁 내려앉는다.

내가 어딜 봐서 위협적인 사람이란 말인가.

"이쪽으로 나오세요."

직원이 시키는 대로 몸수색에 응한다. 여자 직원은 내 몸을 두 손으로 가볍게 훑어 내리더니 내가 차고 있던 펜던트를 찾아낸다. 경고음이 울린 건 바로 이것 때문이다. 그 여자 직원은 내가 위협적인 존재가 아니었음이 밝혀지자 다행이라는 듯한 표정을 지으며 나를 통과시켜준다. 벤치 주변에 멈춰 서서 구두를 신고 벨트며 외투를 걸쳐 입는다. 그런 다음, 지갑과 서류 가방, 노트북을 집어 든 후 탑승 게이트를 향해 걸어간다. 걸으면서 다시 기도를 올린다.

여기까지 저를 안전하게

인도해주셔서 감사합니다.

이제는 부디 아무런 문제없이

비행기에 탈 수 있게 도와주세요.

잠시 뒤 또 한 번 응답을 받는다.

어찌하여 내가 너의 곁에서 지켜주고 있음을

의심하는 것이냐.

나는 늘 너와 함께하고 있으니

두려워할 필요가 없다.

편안하게 모든 걸 내려놓거라.

그래도 여전히 안절부절못하는 나의 마음을 어찌 하면 좋을지…….

행복한 여행의 가장 큰 준비물은 가벼운 마음이다.

-생텍쥐페리-

공항 라운지 의자에 앉아 탑승 시간을 기다리기로 한다. 게이트 앞은 이미 많은 사람들로 북적댄다. '이 사람들이 나와 같은 비행기를 탈 사람들이겠지?'라고 생각하며 그들을 죽 훑어본다. 피부가 가무잡잡한 한 남자에게 유독 시선이 머물자 스스로를 타이른다. "인종차별주의자가 되면 안 돼!" 하지만 테러리스트처럼 무섭게 생긴 그의 얼굴을 보니 자꾸 이상한 생각이 드는 건 어쩔 수가 없다.

"도대체 왜 그래? 편집증 환자처럼 굴지 말라구!" 혼자 중얼거린다.

그렇지만 나는 의심병 환자가 맞다. 시선을 돌려 이번에는 바지를 연신 끌어올리는 덩치 큰 남자를 의심의 눈초리로 바라본다. '저 사람은 어떻게 검색대를 통과한 거지?' '저기 또 휴대폰에 대고 끊임없이 지껄이는 저 여자! 저 여자는 믿을 만한 사람일까?'

이런저런 생각에 사로잡혀 있는 동안, 라운지는 어느새 탑승을 기다리는 사람들로 초만원이 된다. '제발 도와주세요.' 또다시 기도한다. '두려움에 떠는 이 어린 양을 도와주세요.' 다행히도 친절하신 '그분'은 내게 도움의 손길을 내민다. 한순간 마음이 평온해짐을 느낀다. 마음이 조금 여유로워졌다.

사랑과 은혜로 저를 지켜주시고 인도해주세요.
당신이 누리고 있는 평안함을 제게도 내려주세요.
당신이 저를 지켜주고 있음을 알게 해주세요.
조종사들에게 능숙한 비행의 기술을 허락해주시고
승무원들에게 침착한 대처 능력을 내려주세요.
제가 긴장의 끈을 내려놓을 수 있게 도와주시고
만사가 순조롭게 흘러갈 수 있도록 이끌어주세요.

수첩을 꺼내 아침에 쓰다 말았던 모닝 페이지를 마저 끝내보려 한다. 왠지 모를 못마땅한 감정이나 낯선 사람을 향한 반감이 다행히도 사라진 듯한 느낌이다. 주위에서 삼삼오오 떼로 몰려다니는 사람들이 오히려 친근하게 느껴지기까지 한다. 여행자 한 명 한 명이 저마다의 사연과 이야기를 지니고 있겠지, 하는 생각이 문득 스친다. 그 순간 군청색으로 머리를 물들인 젊은 여자가 시야에 들어온다. '저 여자는 자기 머리가 정말 예뻐 보인다고 생각하는 걸까?' '어떤 이유로 머리를 저렇게 물들였을까?' '그녀가 만나는 사람들은 그녀의 머리를 보고 다들 깜짝 놀라겠지?' '그래, 저렇게밖에 할 수 없었던 사연이 있을 거야.' 이번엔 무게가 30킬로그램은 족히 돼 보이는 휴대용 가방을 들고 있는 한 남자에게로 시선이 간다. '저 가방 속엔 뭐가 들었을까?' 남자가 가방을 낑낑대며 들고 있는 걸 지켜보면서 더욱 궁금증이 인다. '저렇게 무거운 짐을 기내에 실어도 괜찮은 걸까?' 나도 모르게 그에게 원망스런 마음이 든다. 그의 짐이 우리가 탄 비행기를 위태롭게 만들지도 모른다는 생각 때문이다. 비행기가 안전하게 실어 나를 수 있는 무게는 대체 얼마까지일까? 또다시 기도를 드린다.

안전과 평온을 허락해주세요.

즐거운 여행이 될 수 있도록

우리 모두를 도와주세요.

당신의 은혜로 비행기에 있는 모든 승객들을

감싸안아주세요.

우리가 이륙하고 비행하고 착륙하는 모든 과정에

부디 함께해주세요.

남자의 무거운 짐 가방에도 불구하고, 우리 비행기를 안전하게 하늘에 띄워주시는 것쯤은 그분께식은 죽 먹기겠지? 라운지를 다시 한 번 둘러본다. 그보다 부피가 더 큰 짐을 가지고 있는 여행자가 두 명뿐이라는 사실을 직접 확인하고는 어느 정도 안심이 되었다.

그리고 이건 나만의 착각일 수도 있지만, 라운지에 가만히 앉아서 사람들을 살펴보니 탑승 게이트에서 근무하는 여자 직원들은 유독 더 친절한 것 같다. 그녀들의 미소는 정말 진심에서 우러나오는 것처럼 환하다. 그녀들은 또한 승객들의 끝도 없는 질문에 일일이 답해줄 만큼 엄청나게 큰 '인내심 저장고'를 갖추고 있는 듯하다.

"세상은 참 아름다운 곳이야." 확신하듯 되뇌며, 이번에는 사리(인도 여성들이 입는 전통 의상)를 걸친 젊은 여자에게로 시선을 돌린다. 그녀는 서양식 옷을 입은 어린아이를 데리고 있다. 아마도 아동용 전통 의상을 구하기가 어려웠던 모양이다. 그렇지 않으면 그녀의 남편이 서양 사람일지도 모르겠다. 아이의 차림새나 생김새만 보아도 혼혈의 유산을 받은 게 틀림없다고 장담할 수 있다. 바라보고 있자니 젊은 엄마가 보채는 아이에게 고무젖꼭지를 쥐어준다.

'아무렴, 고무젖꼭지를 싫어하는 아이는 없지. 아마 나라도 고무젖꼭지를 건넸을 거야.'라고 생각해본다. 아이들은 새롭거나 관심 있는 물건 앞에서는 울음을 멈출 수밖에 없으니 말이다.

만약 내가 일을 하러 가는 게 아니라, 사랑하는 사람을 만나기 위해 비행기를 타는 거라면 기분이 어땠을까? 그렇더라도 사랑하는 사람을 향한 설레임이 공포감의 무게에 짓눌려 여전히 안절부절못하고 있을까?

다시 한 번 라운지를 빙 둘러본다. 얼마나 많은 여행자들이 자신을 그리워하는 품을 향해 달려가고 있는 걸까? 아마 그 때문에 이들은 비행의 공포도 잊었는지 모른다.

'아니야, 그랬다면 내 마음도 분명 지금보다는 더 차분하고 설레었을 거야.' 하지만 어쩌면 그건 기분 탓인지도 모른다. 이상하게도 그들이 밝게 웃는 모습을 보니 나 자신이 몹시 우스꽝스럽게 느껴진다. 그렇다. 두려움은 비참함을 낳을 뿐이다. 어째서 나는 다른 여행자들처럼 밝고 가벼운 마음을 가질 수 없는 걸까?

서두르지 말라. 그러나 쉬지도 말라.

-괴테-

고개를 들어보니 잡지 판매대와 기념품 가게가 눈에 띈다. 기념품 가게에는 대담한 색상의 뉴멕시코식 티셔츠들이 진열돼 있다. 하나 사서 걸치고 싶지만 금세 마음을 접는다. '아냐. 이 옷을 입고 있으면 심장이 더 뛸지도 몰라.'

"저, 자리 좀 잠깐 맡아주시겠어요? 잡지 하나만 사올게요." 옆에 앉은 사람에게 부탁한 후, 급히 매대로 뛰어가 한 부도 아닌 잡지 다섯 부를 충동적으로 집어든다. 그중 세 부는 타블로이드지다.

"고마워요." 자리를 맡아준 '착한 사마리아인'에게 감사를 표한 다음 타블로이드지 한 부를 골라 읽기 시작한다. 지면마다 가십과 유명인들의 스캔들을 다룬 선정적인 기사가 넘쳐나고 있다. 그 내용에 비하면 내 인생은 무미건조하기 짝이 없다. 고맙게도 말이다.

평범하고 조용한 인생을 살 수 있게 해주셔서
감사합니다.

컴퓨터가 가득 늘어선 기다란 데스크 뒤로 공항 직원들 여럿이 돌아다니고 있다. 유니폼 차림의 키 큰 남자가 내가 탈 비행기 조종사임에 틀림없다. 그런데 그의 얼굴이 유달리 벌게 보인다. 혹시 어제 술을 마시고 아직 덜 깬 건 아닐까, 궁금해 미칠 것 같지만 누구에게 그걸 물어본단 말인가. 카운터에 서 있는 여자 직원들은 잔뜩 골이 나 있는 표정이다. 틀림없이 승객 중 누군가가 그들의 심기를 건드려놓은 게 분명하다. 안 되겠다. 내 좌석이나 바꿔달라고 해야지. 이런 요구는 그들을 더 가까이에서 볼 수 있는 좋은 구실이 된다.

당신은 나무를 보고 난 뒤에야 비로소
하늘이 드리운 그림자를 볼 수 있을 것이다.
-아멜리아 이어하트-

데스크를 향해 막 발을 내디디려고 할 때, 키가 작고 몸집이 다부진 제복 차림의 남자 하나가 조종사에게 인사를 건네는 모습이 보인다. 아마도 우리 비행기의 부조종사인 것 같았다. 친절하고 유능해 보이는 그의 모습에 약간의 안도감이 밀려왔다. '감사합니다, 정말 감사합니다.' 마음속으로 읊조린다.

원래 좌석보다 더 앞쪽으로, 새 좌석을 배정받고 자리로 돌아온다. 그때 한 무리의 사람들이 떠들썩하게 도착한다. 오는 길에 비를 만났는지 그들 가운데 두 사람은 물에 빠진 생쥐 꼴이다. 이들은 틀림없이 베테랑 여행자일 것이다.

이제 비행기에 탑승할 시간이다. 잡지와 기내용 가방을 챙긴 후 탑승권을 내보이며 앞쪽으로 걸어나간다. 승강 통로에 다다르자 사람들이 앞쪽 입구로 우르르 몰려간다. '여기 있는 사람들이 한꺼번에 다 죽게 되면 어쩌지?' 마음속으로 문득 불길한 생각이 떠오른다. 비행기 추락 사고로 거기에 타고 있던 스포츠 팀 전원이 실종되었다는 기사가 문득 떠올랐다.

"그만해!" 스스로에게 명령을 내린다. 저마다 행

색이 다른 사람들을 바라보면서 마음을 안정시키려 고 노력한다. 저기 아기를 안고 있는 여자가 있다. 그 모습을 보니 마음이 한결 편안해진다.

'그래, 하나님은 어린아이를 데려가시진 않을 거야.'

구름 저 너머의 공기는 아주 맑고 상쾌하며 달콤하다.
왜 안 그렇겠는가! 천사들이 숨 쉬는 공기일 텐데.

-마크 트웨인-

공항에 도착하면 천천히 주위를 둘러보며

당신 눈에 들어오는 사람들을 가만히 살펴보라.

게이트에 서 있는 공항 직원에서부터 각양각색의

여행자들에 이르기까지 그들은 과연 어떤 사연을

품고 있을지 한번 상상해보자.

나 이외의 것들을 생각하다 보면

내 안의 걱정도 어느새 조금은 사그라들 것이다.

자신의 고민과 두려움에 빠져 허우적대지 않고

바깥으로 시선을 돌리면, 목적지에 안전하게

도착하고 싶은 마음은 나 혼자만의 고민이

아니란 걸 알게 된다. 그리고 수십 명, 수천 명,

수만 명의 사람들이 '안전한 여행'에 대한

믿음을 갖고 있다는 사실도 깨닫게 된다.

즉, 나에게만 집중했던 마음을 거두어들임으로써

우리는 이른바 동료의식까지 경험하는

소중한 시간을 보낼 수 있다.

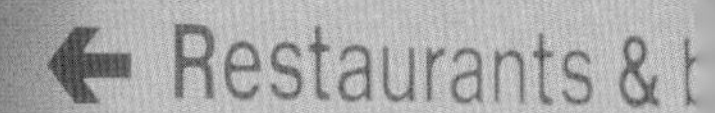

이토록 아찔한
만약의 순간들

탑승객들이 서 있던 줄이 조금씩 줄어들면서 어느덧 내 차례가 가까워온다.

제 자리에 무사히 앉아서 갈 수 있게 해주세요.
즐겁고 유쾌한 여행 동료들을 만나게 해주세요.
이 비행을 즐길 수 있게 해주세요.

이제 정말로 통로로 들어선다. 자리를 잡으면서 휴대 전화 전원 끄는 걸 잊지 않는다. 마침 승무원이 모든 전자기기의 스위치를 끄라는 안내 방송을 한다. 노트북을 체크해보니 로그오프 상태다.

"사실 난 컴퓨터가 전파 방해를 한다고는 생각하지 않아요." 옆 좌석의 승객이 한마디 한다.

"하지만 만약의 경우란 게 있으니까, 그렇죠?"

"네, 만약의 경우란 게 있으니까." 나는 똑같은 말로 맞장구를 쳐준다.

우리 모두의 내면에는 우주 보푸라기와 별 먼지,
우리가 태초로 창조되던 순간의 잔여물이 존재한다.
대부분의 사람들은 너무 바쁘게 사는 탓에 그것을
알아채지 못하지만, 어떤 사람들은 다른 사람들에 비해
그것을 훨씬 더 강하게 감지한다. 그것은 하늘을
날고 싶고, 날개를 달고 싶은, 인간이란 숙명의 테두리를
뛰어넘으려는 사람에게서 가장 선명하게 드러난다.

-K.O. 에크랜드-

그러나 만약 비행기 이착륙 시에 컴퓨터를 켜면 전파에 큰 방해를 준다고 가정해보자. 이럴 경우 어느 말 안 듣는 승객이 전원 스위치를 켠 상태로 그냥 둔다면 어떻게 될까? '전파 방해' 때문에 비행기가 곤두박질칠 수도 있겠지? 그건 생각만 해도 무시무시한 시나리오다. 아마 다른 승객들 역시 마음속에 이런 불안감이 존재할 것이다. 비행기에 타자마자 안내 방송에 따라 곧바로 컴퓨터나 휴대 전화의 전원을 끄는 모습만 봐도 알 수 있다. 그 규정을 무시한 사람은 지금껏 단 한 사람도 없었다고 애써 믿으려 한다. 비행을 하려면 정말이지 신뢰 — 조종사에 대

한 신뢰뿐만 아니라 함께 비행기를 탄 여행자들에 대한 신뢰까지도 — 가 가장 중요하다는 생각이 든다. 갑자기 비상문을 와락 열어젖혀 우리를 대기 속으로 빨려 들어가게 할 사람은 아무도 없을 것이라는 '무언의 이해'를 공유하면서 우리는 함께 여행을 하고 있는 것이다.

그런데 이건 뭐지? 비행기가 부르르 몸체를 떨어댄다. 한 번, 두 번, 세 번……. 스피커를 타고 조종사의 목소리가 흘러나온다. "승객 여러분, 저는 이 항공기의 기장입니다. 지금 41노트의 속도로 강풍이 불고 있으니 신속히 제자리로 가서 앉으시기 바랍니다. 풍속이 50노트 이상이 될 경우에는 비행이 불가능합니다. 여러분이 빨리 착석해주셔야 비행기가 정상 운항에 들어갈 수 있습니다. 고도가 1만 피트에 달할 때까지는 어느 정도의 흔들림이 불가피하니 양해해주시기 바랍니다."

인간은 지구 위-대기의 맨 끝 부분과 그 너머까지-로
솟아오르지 않으면 안 된다. 왜냐하면 그렇게 할 때만
자기가 사는 세계를 완전히 이해하게 될 것이기 때문이다.

-소크라테스-

"어쩜 좋아. 난 강풍 때문에 비행기 흔들리는 거 딱 질색인데." 창가 쪽 좌석에 앉은 승객이 중얼거린다.

"그건 다 마찬가지일 거예요." 내가 대꾸한다. 그때 게이트와 비행기를 연결하는 통로가 떨어져나가면서 다시 한 번 몸체가 흔들린다.

"지금은 바람이 몇 노트나 될까요?" 가운데 좌석에 앉은 승객이 묻는다.

"너무 위험하면 조종사가 비행을 아예 안 할 거예요." 불안감을 애써 억누르며 내가 대답한다. 비행기는 여전히 요동치고 있다. "50노트 가까이 되나 봐요."

나는 불길한 상상을 머릿속에서 몰아내며 가슴을 진정시키려고 애쓴다. 비행기가 속력을 내면서 금세 활주로를 질주하기 시작한다. 공포와 흥분이 뒤섞인 짜릿한 느낌에 사로잡힌다. 무리지어 있는 낯선 사람들 속에 혼자 놓여 있는 듯한, 뭔지 모를 로맨틱한 감정이다. 비행을 할 때 가장 필요한 것이 서로에 대한 신뢰임을 굳게 믿어왔던 내가, 이 비행기 속 승객들의 모습에서 바로 그 신뢰가 충만해짐을 느끼고 있다. 승객들은 한마음으로 뭉쳐 조종사를 믿어보자고 결심한 것이다. 비행기 탑승 전, 그의 얼굴이 붉어 보였던 건 술 때문이 아니라 아마도 햇볕을 많이 쬔 탓일 거라고 생각을 바꾼다. '그래, 그렇게 생각하는 게 더 큰 위안이 되겠지.' 비행기가 바람을 뚫고 이륙하자 재빨리 기도를 올린다.

"감사합니다, 하나님. 이제 끝났군요."

"화물기들은 난기류를 만나도 고도를 바꾸지 않고 그냥 버틴대요. 고도를 바꾸는 건 순전히 승객들의 불안감을 없애기 위한 거죠." 가운데 좌석에 앉은 승객이 나서서 말한다.

"그런 얘기는 어디서 들었어요?" 내가 묻는다.

"제 친구가 조종사거든요. 그 친구는 비행이 얼마나 안전한지 알려주고 싶어서 아주 안달이 나 있죠."

"정말 그렇대요?"

"그럼요. 그 친구는 내가 난기류 때문에 겁에 질려 있으면 아주 재미있어한답니다."

"그건 저도 너무 무서운걸요."

나는 잠시 긴장을 늦춘다. '내 옆자리에 앉은 사람도 나만큼이나 두려움에 떨고 있구나.' 이렇게 생각하니 왠지 나와 마음이 잘 맞는 사람인 것 같아 기분이 좋다.

본래 사람이란 두려움을 서로 나누면 그로 인해 하나가 될 수 있는 존재이지 않은가. 짧은 시간이나마 좁은 자리에서 서로 부대끼며 비행해야 하는 이 불편함을 함께 공유하며 우리는 어느덧 하나가 되어가고 있는 건 아닐까? 그렇게 나는 아주 편안한 마음이 되어 긴 비행을 위한 준비를 마친다.

마침내 충분한 공간과 충분한 대기가 있는 곳을
질주해 가리니.

-월트 휘트먼-

우리는 자신의 무기력함을 인정하고,
더 높은 차원의 존재에게 도움을 청하기 위해
기도를 올린다. 이로 인해 기꺼이 도움을 받아들이며,
한계를 극복해나가는 것이다. 이처럼 자신의 한계를
인정할 때 비로소 더욱 강해질 수 있다는 것이
기도가 가진 역설이다.

당신 자신을 향해 기도를 올려보라.
당신의 마음에 대고 속삭여보기도 하고,
글로 적어보기도 하고, 눈을 감고 조용히 올려도 좋다.
기도를 할 때는 반드시 그 기도가 응답받을 것이라는
믿음을 가져라. 이를 통해 당신은 분명 느끼게 될 것이다.
신이 당신과 함께한다는 것을…….

우리가 함께했던 그
시 간

노트북을 가져왔으니 일을 할 수도 있었지만, 비행 공포를 극복하기도 벅찬 이 순간에 일까지 하고 있는 모습이 스스로도 처량할 것 같아 타블로이드지를 꺼내어 읽는다. 지면은 온통 성형수술을 했다가 실패를 맛본 연예인들의 이야기로 가득 차 있다. 이야기에 곁들여 수술 전후의 연예인들 사진도 실려 있었는데, 한눈에 봐도 수술로 '손보기 전'의 그들 모습이 훨씬 나아 보였다.

그때 비행기가 한쪽으로 기울어지는 듯한 느낌이 들더니 갑자기 좌석벨트 표시등이 켜진다. 기장의 안내 방송이 기내 공기를 가르며 흘러나온다.

"승객 여러분, 지금 우리 비행기는 예상치 못한 난기류를 만났습니다. 모두 좌석에 앉으신 뒤 벨트를 착용해주시기 바랍니다."

이미 좌석벨트를 착용하고 있던 나는 자리에 꼼짝 않고 앉아 있다. 비행기가 솟구쳐오를 때를 대비해서 만반의 준비를 해야 한다.

저는 지금 겁에 질려 있어요.

제발 이 거친 난기류에서 벗어나게 해주세요.

당신의 보호하심에 감사드립니다.

간절함을 가득 담아 기도를 드려서일까, 또다시 어떤 응답이 내게 들려온다.

얘야, 모든 게 문제 없이 돌아가고 있단다.

우리가 가진 날개를 발견하고 나는 법을 배우는 것은 아름다운 일이다. 비행은 아름다운 성장이다. 그리고 비행하면서 하나님의 날개 위에서 휴식을 취하는 것은 더욱 아름답고 신성한 일이다.

-C. 조이벨-

비행기가 갑자기 요동쳤을 때와 마찬가지로 난기류 소동 역시 갑작스럽게 마무리되었다. 좌석벨트 표시등은 여전히 켜져 있지만 승무원들은 조심스러운 걸음걸이로 통로를 오가며 승객들에게 각종 음료수를 서빙하고 있다. 내 옆자리 승객들은 둘 다 술을 청했는데 한 사람은 더블 마티니, 다른 한 사람은 얼음을 띄운 더블 스카치다.

"저는 토마토 주스로 주세요."

"토마토 주스는 지금 다 떨어졌네요. 블러디 메리 믹스는 어떠세요?"

승무원의 권유에 따라 토마토 주스와 비슷한 맛이 나는 그 음료를 마시기로 결정한다.

"술 한잔 드시고 싶지 않으세요?"

옆자리 승객이 묻는다.

"아뇨. 전 그냥 주스가 좋아요."

"전 오늘처럼 비행기가 심하게 흔들리면 술 생각이 나더라고요."

"아, 네."

승무원들이 음료 카트를 끌며 저쪽 통로로 사라지자 다시 타블로이드지로 눈을 돌린다. 《내셔널 인콰이어러》지는 한 할리우드 유명 커플의 이혼 이야기를 크게 다루고 있다. 두 사람의 파경 원인은 아내의

간통이었다. 부정한 아내를 둔 그 불행한 남자가 갑자기 안쓰럽게 느껴진다. 아무리 명성이 높다고 해도, 그것이 인간으로서 느껴야 하는 고통을 막아주거나 대신해주지는 못하는 법이다. 기사를 읽으면서, 여기에 실린 이야기의 주인공이 내가 아니란 사실에 감사한 마음이 든다. 그러고 보니 하찮은 기사들을 읽어 내려가는 동안 어느새 조용하고 평화로운 비행을 즐기고 있는 나 자신을 발견한다. 온통 가십뿐인 삼류 주간지 덕분에 비행 공포증이 가라앉다니, 이 주간지는 시간 죽이기라는 본연의 역할을 넘어서 한 사람의 병까지도 고쳐주고 있는 셈이다. 이제 주간지들을 접어 무릎 위에 올려놓고 두 눈을 감는다. 집에서 챙겨온 목 받침대를 베고 잠을 청하고 싶지만 내게 그런 행운이 찾아올 리가 없다. 5분, 10분, 15분. 시간이 지나면서 또다시 불안감이 고개를 쳐들고 있음을 느낀다. 호흡이 짧아지고 맥박이 빨리 뛰기 시작한다. 팔걸이를 꽉 움켜쥔다. 이 공포심은 대체 어디서 오는 것일까? 아마도 그것은 실체가 없는, 과한 상상력이 지어내는 환상에서 비롯되는 게 아닐까.

"내가 두려운 건 나 자신을 통제할 수 없기 때문이야." 머리를 굴려 생각해본다. 세상에는 내 뜻대로 통제할 수 없는 것들이 참 많다. 하지만 비행은 내 생명을 남의 손에 맡기는 것이다. 나는 정말이지 내 삶을 조종사의 손에 맡겨두려고 했다. 하지만 이것마저 내 뜻대로 되지 않는 게 세상사다. 다시 기도를 올린다.

부디 기장님을 도와주세요.

그의 지혜와 비행 솜씨를 믿을 수 있게 도와주세요.

제가 마음을 편히 내려놓을 수 있게 도와주세요.

비행이 순조롭고 평온할 수 있게 도와주세요.

우리가 무사히 착륙할 수 있게 도와주세요.

비행의 묘미는 이런 것이다. 당신의 몸이
자연의 법칙을 어기고 있다는 사실을 깨닫기 전에
곧장 실행해버리는 것 말이다.

-마이클 커닝햄-

비행은 믿음의 행위다. 자신이 탄 비행기의 조종사를 믿든 믿지 않든, 적어도 이 상황에서는 누구나 신을 믿고 의지하려고 할 것이다. 나는 비행기 날개 밑을 떠받치고 있는 하나님의 손을 마음속에 그려 보려고 애를 쓴다. 특별히 이륙할 때와 착륙할 때를 염두에 두고 말이다. 그러고는 다시 기도를 드린다.

저희 비행기 날개 밑으로 당신의 손을 받쳐주세요.
저희를 안전하게 지켜주세요.
저희들을 목적지로 인도해주세요.

하지만 이렇게 기도를 올리는 와중에도 마음은 여전히 불안과 공포로 가득 차 있다. 이런저런 생각을 하다 문득 짐 꾸러미까지 걱정되기 시작했다. 내 짐들은 안전하게 운반되고 있는 걸까? 제때에 맞춰 비행기에 잘 실렸을까? 혹시 엉뚱한 비행기를 타고 나와는 반대 방향으로 세상을 일주하고 있는 건 아닐까? 아닐 거야. 분명 수하물 찾는 곳에서 새빨간 리본을 단 가방을 발견할 수 있을 거야. 그리고 별일이 없다면 그 가방 속에는 내가 미리 챙겨둔 물품들이 빠짐없이 죄다 들어 있겠지. 목록까지 작성해서 하나하나 되짚어가며 필요한 물품들을 꼼꼼히 챙겨 넣었으니 문제 있을 리가 없잖아. 양말, 속옷, 탈취제, 향초……. 그러고 보니 손가방 속에는 처방약까지 세심하게 챙겨 넣었던 기억이 난다. 만약 여행 가방을 분실한다면, 옷가지는 잃게 되더라도 손가방 속에 든 약만큼은 건질 수 있을 것이다.

내가 짐을 꾸리는 방식에는 뭐랄까 '방어적인 지혜' 같은 게 있다. 액체로 된 건 모두 비닐 지퍼백에 꾸려 넣는데, 그러니 샴푸 같은 게 흘러나와 내 옷가지를 더럽히는 일은 일어나지 않는다. 기억으로는 콘택트렌즈용 식염수와 여분의 렌즈까지 비닐 지퍼백에 꽁꽁 싸두었던 것 같다. 이렇게 모든 게 문제없이 돌아가도록 만반의 준비를 하려고 하는 편이다.

그때 승무원들이 다시 한 번 음료 카트를 끌고 나타난다. 내 옆자리에 앉은 승객들은 마티니와 스카치 온 더 락스를 다시 청한다. 나 역시 블러디 메리 믹스를 또 주문한다. 승무원이 내게 땅콩을 권해준다. 나는 조금 더 양이 많은 간식거리가 있는지 물어본 후, 치즈와 크래커, 건포도 등이 담긴 스낵 봉지를 5달러에 구입한다. 치즈 한 조각에 크래커 두 개라, 정말이지 감질나는 양이다. '다음번에 비행기를 탑승한다면 먹을 걸 꼭 싸와야지.' 마음속으로 다짐한다. 치즈와 크래커를 더 달라고 할까 하다가 10달러를 쓰는 게 아까워서 그만두고 만다. 공항에서 여행가방을 수속하면서 이미 25달러를 더 치르지 않았는가. 그러고 보니 저가 항공이라고 결코 싼 건 아닌 것 같다. 이것저것 자잘한 항목 따위에 치르는 비용까지 합하면 오히려 더 비싼 것 같은 느낌이다. 쥐꼬리만 한 간식을 먹기에 앞서 포만감을 느낄 수 있게 해달라고 신께 기도를 드린다.

간식을 맛있게 먹을 수 있게 해주세요.

'넉넉한 양'이라고 느끼게 해주세요.

제발 제 배고픔을 가라앉혀주세요.

포만감을 느낄 수 있게 도와주세요.

간식을 먹으며 타블로이드지로 다시 눈을 돌린다. 커버스토리에는 '나탈리 우드, 죽음의 진상은 무엇인가?'란 제목이 붙어 있다. 그 죽음의 진상이란 다름 아니라 그녀가 살해당했을 가능성이 높다는 것이다. 이 제목은 그녀의 사인이 세간에 알려진 것처럼 익사가 아님을 강하게 암시하고 있었다. 과연 그녀는 사고 당일, 같은 배에 타고 있었던 크리스토퍼 월켄과 정말로 불륜 관계였을까? 그녀의 남편은 평소 둘의 관계를 의심하여 질투를 일삼았다고 한다. 25년이 넘는 세월이 지났음에도 불구하고 나탈리 우드의 죽음은 여전히 세간의 주목을 받고 있으며, 여전히 미궁에 빠져 있다. 그런데 다 읽고 나니 이 신문에서 강조한 그녀의 죽음에 관한 '새로운 사실'이란 것들은 기껏해야 과거에 나돌던 억측들을 두세 번씩 우려먹은 것에 지나지 않았다. 그 사실을 깨달은 순간 기분이 상해 타블로이드지를 접어버린다. 역시 타블로이드지는 자극적인 제목으로 독자들을 현혹시켜놓고, 단 한 번도 이에 관해 새로운 사실을 알려주는 법이 없다. '난 왜 이렇게 잘 속아 넘어가지?' 신문을 접어버린 뒤에도 공연히 나 자신에게 화가 치밀어 오른다.

"다 보신 거면, 저도 좀 보고 싶은데요." 가운데 좌석에 앉아 있는 승객이 조심스럽게 말한다.

"네, 전 다 봤어요. 보세요." 타블로이드지를 넘겨주면서 말한다.

"저는 사 볼 '용기'가 없어서 이걸 못 샀네요."

"타블로이드지를 읽다 보면 제가 비행기를 타고 있다는 사실을 완전히 망각하게 된다니까요."

"그렇다면 이 신문을 아주 잘 사신 거네요. 저는 컴퓨터 게임, 아이팟, 전자책, 있는 대로 다 챙겨온걸요."

"그럼 당신도 비행기 타는 게 무서운가요?" 돌아올 대답의 의미를 가늠하며 묻는다.

"네, 그래서 술을 마시는 거예요. 더블 스카치 두

잔만 있으면 비행기가 추락한다 해도 상관없어요."

"제가 마티니를 마시는 것도 똑같은 이유에서지요." 창가 쪽에 앉은 승객이 맞장구를 치며 말한다.

"유별난 겁쟁이들 셋이 나란히 앉아 있네요." 농담 비슷한 말을 던진 뒤, 혼자 조용히 읊조리며 기도를 드린다.

우리가 솔직하게 속내를 내보일 수 있게
해주셔서 감사합니다.
인간다움을 나눠 가질 수 있게 된 것에
감사를 드립니다.
제가 혼자가 아니라는 것을
알게 해주셔서 고맙습니다.
저의 두려움을 있는 그대로 받아들일 수 있는
용기를 주시니 감사합니다.
우리를 달래주는 당신의 은혜로움에
두려움 가득한 제 마음을 엽니다.
평온을 얻게 해주셔서 감사합니다.

기도를 드리자 비행기를 타고 있는 내내 나를 옥죄왔던 공포감이 서서히 걷혀가는 것 같았다. 또다시 기도를 드린다.

당신이 우리를 보호하고 계신다는 사실을
제 옆자리 친구들이 확신할 수 있도록 도와주세요.
우리 세 사람 모두 당신의 자애로움에
기댈 수 있게 도와주세요.
이곳에 있는 모든 사람들의 기운을 북돋워주시는
당신의 그 놀라운 솜씨에 감사를 표합니다.

내가 드린 기도가 응답을 받았음을 나는 다시 한 번 느낀다. 전능한 어떤 존재가 어린아이처럼 부드럽게 내게 말을 걸어왔기 때문이다.

얘야,
나는 내 자식들 모두에게 축복을 내린다.
너희 세 사람 모두를

내가 지켜주고 인도하고 보호하리라.

너희들이 믿음과 소망을 키워가고 있으니 고맙구나.

날개가 갖는 본래의 기능은 높이 날아올라 우리로 하여금
무거운 것을 신들의 가족이 사는 장소로 데려다 주는
것이다. 날개는 몸에 딸린 그 어떤 것보다도 더 신성하고
거룩한 성질을 띤다.

-플라톤-

마이크가 켜지는 소리가 나더니 기장의 안내 방송이 흘러나온다. "승무원들이 통로를 지나가면서 승객 여러분께서 드신 음식을 치우겠습니다."

어깨를 가볍게 두드리는 손길에 눈을 떠보니 승무원이 내 앞에 와 있다. 그녀가 "잔을 치워드리겠습니다."라고 말한다. 빈 잔을 그녀에게 건네준다. 옆자리에 앉은 두 사람도 나를 따라 빈 잔을 건넨다. 불현듯 치즈와 크래커를 감싸고 있던 포장지가 생각나 그것들을 얼른 주워 모은 뒤 다시 승무원을 부른다. "여기 더 있어요." 손으로 구긴 포장지를 넘겨주자

승무원이 쓰레기통에 쑤셔 넣는다.

"감사합니다." 그녀가 통로를 지나 다음 줄로 옮겨 간다.

그러고 나서 나는 또 다른 타블로이드지를 꺼내어 읽기 시작한다. 이번 것은 연예인들의 다이어트에 포커스를 맞추고 있다. 유명 인사들의 셀룰라이트 사진을 죽 늘어놓고 그게 각각 누구의 것인지를 추측해보도록 하는 기사였다. 방금 전 내가 먹은 치즈와 크래커가 떠오르면서 마음이 괜스레 불안해진다. 그것들 때문에 나에게도 셀룰라이트가 생기는 건 아닐까? 제발 그렇지 않기를.

오늘도 일용할 양식을 주셔서 감사합니다.
제 몸이 그 크래커를
슬기롭게 이용할 수 있게 해주세요.
제게 셀룰라이트가 생겨나지 않게 해주세요.
제발요!

알 수 없는 공포와 불안과 싸울 때 결코 혼자가 아니란 사실을

깨닫게 되면 뜨거운 동지애와 연대감을 발휘할 수 있다.

혹은 시간 때우기용으로 좋은, 가벼운 읽을거리에

빠져듦으로써 불안에서 잠시 벗어날 수 있다.

어쩌면 우리는 누군가의 불행과 고통, 치부를

상세하게 보도한 타블로이드지로부터

묘하게도 위안을 받는지도 모른다.

이것이야말로 위로가 필요한 순간,

하나씩 까먹는 '마음의 캔디'가 아닐까.

위로를 받는다는 것

"실례합니다." 가운데 좌석에 앉아 있는 승객이 내 팔을 살짝 건드린다.

"아, 네?"

"가끔씩 눈을 감고 계시던데, 뭘 하고 계셨던 건지 여쭤봐도 될까요?

그 질문에 살짝 품고 있던 경계심이 풀린다.

"눈을 감고 뭘 하냐구요?" 그녀가 했던 말을 되풀이한다.

"네, 너무 조용히 앉아 계셔서요."

"아." 이제 입을 열기로 마음을 먹는다. 그래, 모르는 사람과 말 좀 하는 게 뭐가 어때서…….

"기도하고 있었어요."

"네, 기도를 하고 계실지도 모르겠다는 생각은 했어요."

"기도를 하면 마음이 조금 진정되거든요."

"거참, 멋지네요." 옆자리에 앉은 사람이 내뱉은 말에는 부러움이 가득 묻어 있다.

"뭐가요?"

"'믿는 사람'이 하는 기도 말이에요. 제가 만약 '믿는 사람'이었다면 스카치 따윈 필요 없었을 텐데." 그녀의 말투에서는 얼마간의 아쉬움마저 느껴진다. 게다가 그녀는 술이 조금 취한 상태다. 스카치 넉 잔이 가져다준 효과다.

"아뇨, 안 그럴걸요."

"혹시 기도하는 법을 좀 알려주실 수 있으세요? 제가 생각할 수 있는 말이라곤 '하나님, 저를 도와주세요.'뿐이거든요."

"그거면 아주 훌륭해요." 내가 대답한다.

"그런가요? 그럼 핵심만 간단히 알려주세요!"

그녀의 기분이 아까보다 확실히 좋아진 듯하다.

"진실한 마음으로 기도를 드리는 게 가장 중요해요. 하나님도 그걸 더 좋아하실 거예요."

"하나님이 뭘 좋아하시는지 저는 잘 모르겠어요." 그녀가 솔직하게 털어놓는다.

"거짓이 없는 마음 아닐까요?"

"좋아요. 그렇다면 전 솔직히 하나님이 뭘 좋아하

시는지 모르겠어요."

우리 두 사람은 웃음을 터뜨린다. 가만, 우리 둘의 대화가 타블로이드지보다 더 재미있는 건 왜일까.

다정하고 조용한 말은 힘이 있다.

-에머슨-

"전 '저를 보호해주세요'라고 기도를 드려요."

내가 적극적으로 나서서 말한다.

"그것도 참 좋은 기도네요."

"그런 다음에 꼭 '감사합니다'라고 하죠."

"뭐가 감사하다는 거죠?"

"하나님이 지켜주시는 것에 대해서요."

"당신은 기도가 응답을 받는다고 여기는군요."

"네, 저는 하나님이 기도에 응답하는 걸 즐기시는 분이라고 믿어요."

그녀는 이 말을 곰곰이 되씹는 눈치다. 나는 보고 있던 타블로이드지로 다시 눈길을 돌린다.

하늘이라는 투명한 산을 오르는 것은 매우
경이로운 일이다. 내 뒤 혹은 앞에 하나님이 계시니
나는 아무것도 두려울 게 없다.

-헬렌 켈러-

"당신은 하나님께 꼭 긍정적인 대답만 얻을 거라 생각하나요?"

그녀는 기도에 관한 질문을 마치 강아지가 뼈다귀를 물어뜯듯 열심히 물고 늘어진다.

"네, 왜냐하면 하나님은 우리가 기도드리는 걸 좋아하신다고 믿기 때문이에요."

"그렇다면 당신은 당신의 모든 것에 대해 기도를 드리나요?"

"맞아요. 저는 그때그때 떠오르는 대로 다 기도를 드려요. 방금도 '사랑하는 하나님, 제 몸에 셀룰라이트가 생기지 않게 해주세요.'라고 기도했는걸요."

"정말로 그렇게 기도를 드렸다고요?"

"네, 정말이에요." 우리 두 사람은 또다시 웃음을 터뜨린다.

나는 한차례 숨을 내쉬고 기도를 드린다.

우리 둘이 마음을 통할 수 있게 해주셔서
감사합니다.

"또 기도하셨군요. 두 눈을 감고 말이에요."

"네, 맞아요. 우리가 마음을 터놓고 대화할 수 있게 해주셔서 감사하다고 했어요." 그녀가 내 대답에 대해 골똘히 생각하는 동안 침묵이 흘렀다.

"참 좋네요. 당신은 적어도 맹신자나 광신도는 아닌 것 같아요." 그가 말한다.

"당신은 점잖은 회의론자구요."

"고마워요. 혹시 옆자리 친구를 잘 참아낼 수 있게 해달라고 기도드린 건 아니죠?"

"전 이 대화가 아주 즐거운걸요."

"마지막으로 딱 하나만 물어볼게요."

"마음을 단단히 먹어야겠는걸요?"

"하나님께서 당신을 인도하신다고 생각하나요?"

"굉장히 어려운 질문이네요. 흠, 지난 일을 되돌아 보면 하나님이 절 이끌어주셨다고 말해야겠지요. 하지만 매 순간 그렇게 느끼는 건 아니에요. 결국 마지막이 되어서야 늘 하나님이 제 뒤를 떠받치고 계셨다는 사실을 깨닫게 되는 것 같아요."

"그렇다면 하나님을 친구라고 여기세요?"

"네, 전 그분께 사랑받고 있다고 느껴요."

"그건 참 굉장한 느낌이겠네요. 고마워요. 이젠 신문을 읽으셔도 돼요."

그 말을 마지막으로 옆자리 승객은 고개를 돌린다. 읽고 있던 타블로이드지를 다시 집어 들지만, 내 마음은 여전히 그녀가 했던 말에 머물러 있다. 또다시 습관적으로 기도를 드린다.

그녀와 제가 친교를 나눌 수 있도록 해주시니
감사합니다.
제 내밀한 속마음을 알아주시니 감사합니다.
부디 제 옆의 동석자에게

당신의 존재를 느끼게 해주세요.

부디 그녀의 친구가 돼주세요.

옆자리 승객이 다시 고개를 돌려 내 소매를 잡아끈다.

"기도는 그쯤 해두시고, 저한테 기도하는 법을 좀 가르쳐주시겠어요?"

"일단 짧게 한번 해보세요." 내가 제안한다.

"그렇다면 정말로 짧게 해볼게요. 하나님, 도와주세요!"

"완벽해요. 제 경우에는 보통 '감사합니다. 저를 도와주셔서 감사합니다.' 이렇게 기도한답니다."

"도와주셔서 감사합니다."

"네, 잘하셨어요. 그게 끝이에요."

"정말요?"

"정말이에요."

"왠지 마음이 한결 차분해진 것 같은데요."

"잘됐네요."

그녀를 일깨워주면서 나 역시도 마음이 차분해진 것 같다. 문득 "'남에게 줘야만 네가 그것을 가질 수 있다.'"는 하나님의 말씀이 생각난다. 여기서 '그것'이란 바로 믿음이다. 믿음이 전염된다는 하나님의 말씀이 옳다면 믿음의 실마리가 될 만한 그 '무엇'이 내 옆자리 친구에게 분명히 옮겨졌을 것이다. 이럴 때에는 감사의 기도를 드리지 않을 수가 없다.

저와 제 옆자리 친구에게 내려주신
믿음의 선물에 감사합니다.
당신을 신뢰하게 해주셔서 감사합니다.
당신이 제 기도를 들어주신다는 확신을
갖게 해주셔서 감사합니다.
불안과 두려움을 가시게 해주셔서 감사합니다.

기도는 나와 절대적 존재인 신 사이에 다리를 놓는 행위와 같다. 하나님이 보살펴주신다는 것을 확신하며 조금씩 안정을 되찾은 나는 기내에 있는 다른 동료 여행자들에게로 관심을 돌린다. 이제 그들을 위해 기도한다.

부디 이 비행기에 타고 있는 모든 여행자들에게
축복을 내려주세요.
그들이 당신과 함께하고 있음을 느끼게 해주세요.
그들이 당신의 응답을 알아들을 수 있게 해주세요.
당신이 보살피고 있다는 사실을
그들이 확신할 수 있게 해주세요.
당신이 베푸는 안전을
그들이 느낄 수 있게 해주세요.

옆자리 승객이 두리번거리다가 이내 두 눈을 꼭 감는다. 뭔가에 집중하고 있는 듯한 모습이다. 좌석 손잡이를 톡톡 두드려 그녀에게 신호를 보낸다.

"전 지금 기도 문구를 생각하는 중이에요." 그녀가 불쑥 대답한다.

"어렵게 생각하지 말아요."

"하나님의 관심을 끌어야 하잖아요."

"당신은 벌써 하나님의 관심을 받고 있어요."

"정말요?"

"그럼요. 정말이에요. 기도는 간단한 청이에요. 하나님께 답을 강요해서는 곤란해요."

"그러고 보니 제가 막 강요하고 있었네요."

"전혀 그럴 필요 없어요. 하나님은 언제나 받아들일 준비가 돼 있는 분이시니까요. 그러니까 지금도 당신의 기도에 응답할 수 있기를 간절히 바라고 계실 거예요."

"당신은 우릴 위해서도 기도를 하신 모양이에요."

"했죠."

"혹시 그 기도를 제가 들을 수 있도록 다시 해주실 수 있으세요?"

"좋아요." 나는 또다시 기도를 읊조린다.

사랑하는 하나님,

부디 저희의 기도를 들어주세요.

안전하게 여행하게 해달라는
저희의 청을 외면하지 말아주세요.
제발 저희를 보살펴주세요.
저희를 인도하시고 보호해주시는
당신께 깊이 감사합니다.
당신의 충만한 은혜로 저희들을 축복해주세요.
우리를 안전하게 비행하게 해주시고,
안전하게 도착할 수 있도록 해주세요.

내 기도를 듣고 난 그녀의 표정은 눈에 띄게 긴장이 풀어진 듯하다. 기도가 분명 효과를 내고 있는 것이다.

"기분이 훨씬 좋아졌어요." 그녀가 말한다.

"잘됐네요." 나 역시도 기뻤다.

"당신이 하는 기도는 정말 간단한 것 같아요."

"기도가 원래 그런 거니까요."

"당신한테는 그렇겠죠."

"하나님은 멀리 계시거나 불길한 예언을 하시는 분이 아니에요. 그분은 늘 우리 곁에 함께 계시면서 우리의 기도를 기다리고 계신답니다."

"제가 신을 믿을 수 있다면 참 좋겠군요."

"믿는 것처럼 행동해보세요. 그럼 정말로 믿게 될 거예요."

"역시 당신은 어려운 일도 간단한 일로 만드는 데 남다른 재주가 있군요."

"진짜 간단한 일이니까요."

"한 번만 더 기도해주실래요?."

"간단하게 하는 기도요?"

"네."

나는 다시 기도를 올린다.

부디 당신에게 이르는 저희들의 길이
평탄하고 올바르며 쉬운 길이 되게 해주세요.
그리고 길 가운데서 저희를 맞이해주세요.
저희들을 영접해주시는 당신의 커다란 선물에
감사드립니다.

"당신이 하는 기도는 정말 자연스러워요."

"기도란 게 원래 그렇잖아요. 다시 한 번 기도해보세요."

"제가요?"

"그냥 딱 한 번만 해보세요."

그녀는 몸을 곧추세워 앉더니 내 쪽으로 몸을 기울이고는 나지막이 속삭인다.

사랑하는 하나님,

부디 제 기도를 들어주세요.

저를 어루만져주세요.

당신이 함께 계시다는 걸 느끼게 해주세요.

제게 안전함과 보살핌을 내려주세요.

제게 믿음을 주세요.

"와, 정말 대단해요!" 나도 모르게 큰 소리로 외쳤다. 그는 나의 이런 반응에 당황해서 어쩔 줄을 몰라 한다. 창 쪽에 앉은 승객은 잠이 들었는지 아주 조용하다. 그래도 누군가가 우리 기도를 엿듣고 있는 건 아닌가 하는 생각에 자꾸 신경이 쓰이기 시작한다.

"저는 그냥 당신이 하는 걸 따라 했을 뿐인데요." 그가 말한다.

"그렇다고 해도 정말 대단했어요. 하고 나니 기분이 어때요?"

"약간 바보 같다는 생각이 들긴 했지만……. 그래도 아까보다는 한결 마음이 차분해진 것 같아요."

"그건 당신의 기도가 응답받았다는 뜻이에요."

"기도가 응답을 받았다는 건 상상에 불과할 수도 있는데, 그걸 어떻게 아세요?"

"방금 한 것처럼 기도를 계속 해보세요. 응답을 받았다는 느낌을 꾸준히 받게 될 거예요. 이 기도를 한 번 해보시는 건 어때요?"

저를 맞이해주셔서 감사합니다.
당신이 실제로 존재하는 분이란 걸
알 수 있게 도와주세요.

"기도를 요령 있게 잘 표현해야 한다는 걱정은 해 본 적 없으세요? 이를테면 '당신이 실제로 존재하는 분이란 걸 알 수 있게 도와주세요.'라는 기도를 하나님은 모욕으로 받아들이실 수도 있잖아요."

"저는 어떻게 하면 요령 있게 표현하는가보다 어떻게 하면 솔직하게 표현하는가가 더 중요하다고 생각해요. 하나님께서는 제가 뭘 느끼고 있는지를 훤히 꿰뚫어 보시니까요. 그러니 요령을 부려봐야 무슨 소용이 있겠어요."

"당신은 무슨 일에든 다 기도를 드리나요?"

"그런 편이에요. 하나님의 너른 품은 포수가 끼고 있는 글러브와 같아서, 아무리 거칠고 제멋대로인 기도도 다 잡아낸답니다."

"기도를 투수가 던지는 공에 비유하다니, 그 표현 정말 맘에 드네요. 그럼 저도 타석을 향해 공을 던질 수 있다는 얘기네요."

"그렇고말고요."

수많은 대화가 오가는 동안 조금씩 피어난 우리의 동지애에 사뭇 놀란 그 순간, 내 얼굴에는 그제야 안도의 미소가 피어올랐다. 옆자리에 앉은 그녀의 기도가 내 기도를 더욱 단단하게 만들어주었다. 자비로운 어떤 존재가 우리 모두를 부드러운 품에 안고 있는 것만 같다. 나는 기도한다.

당신이 저희와 늘 함께해주셔서 감사합니다.
당신이 가까이 계심을
제가 늘 느끼게 해주셔서 감사합니다.
우리 가운데 늘 있어주겠다 하셨던 당신의 약속을
지켜주셔서 감사합니다.

하나님이 꼭 누구인지 알아야 기도를 드릴 수 있는 것은 아니다. 그래도 그 모습이 궁금하다면 하나님은 이렇게 생겼을 것 같다 싶은 존재를 떠올려보고 — 후덕한 인상의 할아버지에서부터 지혜로운 요다의 모습에 이르기까지 — 그 대상을 향해 기도를 드려보자. '하나님'이란 명칭을 굳이 사용하지 않아도 우리는 얼마든지 더 높은 존재들과 연결될 수 있다. 우리를 믿음으로 이끌어주는 긍정적인 힘으로부터 당신이 그려볼 수 있는 대상을 상정하고, 이 대상에게서 위안과 보살핌을 간구하라.

처음에는 기도를 드리는 게 다소 어색하고 낯설게 느껴질 수 있지만, 기도란 인생을 살면서 한 번쯤 시도해볼 만한 일이다. 단, 기도를 드리고 나서는 잠시 침묵하라.

그래야 기도를 드리는 대상과 통한다는 느낌이 들 것이다.

우리가 그 느낌을 찾아 기꺼이 손을 뻗을 때, 우리를 미소짓게 하는 그 존재가 얼마나 즉각적으로 우리 곁을 찾아오는지, 기도를 드려보면 알 수 있다.

가장 안전하면서 가장 위험할 수 있는

기도를 끝내기가 무섭게 옆자리 승객이 팔꿈치로 슬쩍 나를 찌른다.

"이제 비행기가 착륙할 텐데 슬슬 또 불안해지네요."

"이륙할 때 사용하는 기어 말이에요. 그게 곧 작동될 거예요. 너무 걱정 말아요."

"아니, 어쩜 그렇게 잘 아세요?" 불안함으로 흔들리는 그녀의 눈빛은 제발 자신을 안심시켜달라고 말하는 것 같았다.

"우리, 기도드리는 게 좋겠어요. 자, 기도합시다." 착 가라앉은 목소리로 그녀에게 말한다.

부디 우리가 안전하게 착륙할 수 있게 해주세요.
제발 기어가 단단하게 조여져
원활하게 작동할 수 있도록 살펴주세요.
비행장치들이 제대로 작동하고 있음을
확인해주세요.
우리가 첨단의 비행술을
믿고 의지할 수 있게 해주세요.

부디 우리 귀를 축복해주세요.

옆자리 승객이 웃음을 터뜨린다. "그거 참 좋은 기도네요. 특히 '우리 귀를 축복해주세요'란 부분이 맘에 들어요."

"귀를 믿게 되면 기어가 작동하는 소리만 듣고도 우리가 안전하다는 것을 알 수 있어요."

"그런 생각을 하다니 대단하시네요. 전 늘 그놈의 굉음에 깜짝깜짝 놀라기만 했거든요."

"그럼 이번엔 한번 제대로 들어보세요. 소리가 제법 근사하답니다."

"그게 정말인가요?"

"정말 그렇다니까요."

옆자리 승객은 잠시 동안 말이 없다. 그러다가 불쑥 속마음을 털어놓는다. "당신이 제 곁에서 참 많은 도움을 주신 것 같아요."

"그렇다면 다행이네요. 하지만 제가 보기엔 당신이 스스로를 돕고 있는 것 같은데요. 아니면 하나님이 당신을 돕고 계시던가요. 그것도 아니면 둘 다일 거예요."

용기란 자기 자신을 굳게 믿는 것이다.
그러나 아무도 그것을 가르쳐주진 않는다.

-엘 코르도베스-

"그 부분에 대한 답은 집으로 돌아가는 비행기 안에서 알 수 있을 것 같은데요. 지금 여기서 추락만 하지 않는다면요."

"추락하는 일은 없을 거예요."

"믿어도 되죠?"

"그럼요. 확실하다니까요."

"우리가 추락하는 게 하나님의 뜻이라면 어떻게 하죠?"

"그렇다면 받아들이는 수밖에요."

"어떻게 그렇게 쉽게 받아들일 수 있죠?"

"'난 살 만큼 살았다', '그것으로도 족하다'라고 생각하면 돼요."

"제가 이토록 죽음이 겁나는 건 그런 이유 때문인가 보네요. 전 살 만큼 살았다는 느낌도, 제 인생이 이 정도면 족하다는 생각도 해본 적이 없거든요."

그녀의 고백이 내 마음을 움직인다. 불현듯 죽음의 공포란 자신이 인생을 충분히 즐기지 못했다는 후회나 아쉬움과도 밀접하게 연결되어 있는 게 아닐까 하는 생각이 든다.

인생은 다시 한 번 살게 된다면 좀 더 빨리
똑같은 실수를 저지를 것이다.

-탈룰라 뱅크헤드-

"손 좀 줘보세요. 부끄러워 말고요." 그녀에게 손을 내밀며 말한다. 그리고 그녀의 손을 잡고 소리를 내어 기도를 드린다.

부디 제게 평화를 허락해주세요.

제가 지금까지 인생을 충분히 누렸음을

알게 해주세요.

앞으로도 삶을 더 즐기며 살 수 있게 도와주세요.

저를 향한 당신의 뜻을 이해할 수 있게 해주시고

그 뜻을 몸으로 실천할 수 있도록 제게 힘을 주세요.

당신의 자비로움을 믿을 수 있게 도와주세요.

당신의 보살핌에 기댈 수 있게 해주세요.

당신의 선의를 무조건 신뢰할 수 있게 해주세요.

제 기도를 들어주셔서 감사합니다.

"어때요, 기분이 좀 나아졌나요?" 그녀에게 묻는다.

"네, 훨씬 좋아졌어요."

그때 삑 하고 날카로운 벨소리가 울리며 기장의 안내 방송이 흘러나온다.

"승객 여러분, 방금 전 기내에 좌석벨트 표시등이 켜졌습니다. 이제 우리 비행기는 마지막 하강 비행을 시작하려고 합니다. 지금 즉시 좌석으로 돌아가셔서 안전벨트를 꼭 착용하시기 바랍니다."

좌석벨트는 내 몸에 맞게 잘 조여져 있었지만, 혹시나 싶어 조금 더 당겨준다. 그런데 가만 보니 옆자리 승객의 좌석벨트는 주인에게 외면당한 채 옆에 그냥 대롱대롱 매달려 있는 게 아닌가.

"저기, 좌석벨트요!" 그녀에게 일러준다.

"저는 원래 좌석벨트 안 해요." 그녀의 입에서 의외의 대답이 나왔다.

"왜요?"

"그래야 착륙했을 때 빨리 내릴 수 있잖아요."

"그렇긴 하겠네요."

비행기는 왼쪽으로 심하게 기운 채 날고 있다. 접혀 있던 바퀴가 펴지면서 내는 시끄러운 소리가 울려 퍼진다. 창문을 통해 불빛들이 번쩍거리는 바깥 풍경을 물끄러미 내려다보고 있는데, 누군가 내 팔을 꼭 붙잡는다. 옆자리 승객이다.

"괜찮을 거예요." 나 역시 속이 울렁거리며 몹시 불안했지만, 나보다 더 불안해할 그녀를 위해 위로의 말을 건넨다. 비행기가 활주로 진입을 위해 오른

쪽으로 몸체를 기울인다. 창밖을 내다보니 지면이 점점 가까워지는 게 보였다. 우리는 고속도로 위를, 이어서 창고 몇 채와 격납고 위를 날아가고 있다. 비행기의 착륙을 돕기 위해 빛나는 활주로의 불빛들이 아래서 하나둘 모습을 드러낸다. 비행기가 지면과 더욱 가까워지면서 불빛들이 속도감 있게 우리 눈을 스쳐 지나간다. 그러다가 기우뚱하면서 기체가 땅에 닿는 느낌이 들었다. 이건 분명 기장이 비행기 후미에 불꽃을 내뿜으면서 브레이크를 걸었다는 신호다. 비행기가 속도를 늦추기 시작한다.

"드디어 성공했어요." 내가 말한다.

"그러네요. 무사히 성공했어요." 옆자리 승객이 내 말을 그대로 따라 한다. 나는 두 눈을 감고 감사 기도를 드린다.

기나긴 우리의 비행기 여행을
안전하게 끝마치게 해주셔서 감사합니다.
우리가 잘 착륙할 수 있게 해주셔서 감사합니다.

"당신 또 기도드리고 있는 거죠?" 옆자리 승객이 묻는다.

"그냥 감사하다는 말씀만 전한 거예요."

"그렇다면 나도 감사하다고 말씀드려야겠어요."

"그러세요."

사람은 자신을 아래에서 지탱해주고 있는 대기의 힘을
느낀 후에야 비로소 대기가 얼마나 고마운 존재인지를
깨닫게 된다. 그것은 용기와 함께 자신감을 불러일으킨다.

-오토 릴리언탈-

"자, 무사히 도착했어요." 옆자리 승객을 돌아보며 미소를 짓는다.

"두 분이 하시는 얘기, 본의 아니게 죄다 듣고 있었네요." 창가 쪽에 앉은 남자가 불쑥 끼어든다. "두 분이 하시는 기도가 너무 듣기 좋아서 사실 저도 조용히 속으로 따라 읊조렸답니다."

"그렇다면 이 줄에 앉은 사람은 전부 기도를 드리고 있었다는 얘기네요?" 옆자리 승객이 말한다.

"맞아요, 그래서 우리가 여기까지 무사히 올 수 있었던 거 아닐까요?" 내가 웃으며 말한다.

"아, 다음번에 비행기를 타면 마티니는 생략해야겠어요."

"나도 스카치는 마시지 않을래요." 옆자리 승객과 창가 쪽 승객은 함께 웃으며 말한다.

"전 다음에 비행기를 타면 두 분을 생각할래요." 내가 말한다.

그러고 나서 휴대폰을 꺼내 딸의 전화번호를 하나하나 누른다. 신호음이 두 번 울리자 딸이 전화를 받는다.

"엄마, 성공했구나!"

"그래, 난기류가 심해서 고생은 했지만 그래도 괜찮았어."

"목소리가 한결 차분해진 것 같아요."

"맞아, 내 옆에 앉았던 분들 덕분에 큰 도움을 받고 무사히 도착할 수 있었거든."

옆자리 승객은 내가 통화하는 모습을 유심히 보고

있다가 전화가 끝나자마자 말을 건넨다. "도움이 되었다니 다행이네요. 그렇게 전화할 누군가가 있어서 참 좋으시겠어요."

"딸이에요. 제 비행 공포증 때문에 그 애도 항상 속을 끓이죠."

그때 승무원의 목소리가 방송을 타고 흘러나온다. "비행기가 게이트에 도착할 때까지 좌석벨트를 맨 채로 착석해주시기 바랍니다."

"저 사람들은 비행기 안에서 일어날 수 있는 모든 사고를 미연에 방지하려고 별별 노력들을 다하죠." 내가 말한다. "승객들이 놀라서 우왕좌왕하면 일이 더 커지니까요."

"누군들 우왕좌왕하는 사람들에게 치이고 밟히고 싶겠어요?" 창가 쪽 승객이 반문한다.

얼마 지나지 않아 기장의 착륙 안내 방송도 흘러나온다. "저는 이 항공기의 기장입니다. 저희 항공사를 이용해주신 승객 여러분들께 깊은 감사를 드립니다. 좌석벨트 표시등이 꺼지고 나면 자유롭게 움직이셔도 됩니다."

"아아, 드디어 끝났네요." 나는 옆자리 동석자들에게로 고개를 돌리며 인사를 나눴다.

"그러게요. 즐거웠어요. 저 혼자였다면 끔찍했을 텐데, 두 분 덕분에 잊지 못할 비행이 되었던 것 같아요."

"저도 그래요."

인생에서 가장 중요한 여행은 사람을 만나는 여행이다.

-헨리 보예-

누군가에게 친절을 베풀면 친절을 베풀었다는 이유 하나만으로 든든한 자신감과 낙천성을 얻을 수 있다. 예를 들어, 큰 힘을 들이지 않고도 도움을 줄 수 있는 한 사람을 우선 선택해보라. 무거운 가방을 힘겹게 들고 가는 나이 지긋한 노인을 도울 수도 있고, 칭얼대는 아이를 달래느라 난감한 처지에 있는 엄마에게 자리를 양보할 수도 있다.

이 모든 것이 그저 사소한 행동처럼 보일지 몰라도, 자신을 발견하는 데 있어서 큰 도움이 된다. 즉, 타인을 배려하는 자신을 보며, 나 자신이 퍽 괜찮은 사람이라는 것을 느낄 수 있는 좋은 기회라는 뜻이다.

여행의
끝

비행기에서 내린 사람들은 공항 터미널과 연결된 승강장 통로 쪽으로 우르르 몰려갔다. 화물 편으로 부친 짐이 제대로 도착했을지 그때까지도 마음을 놓지 못한 나는 수하물 표지판을 찾아 나섰다. 내가 탄 비행기에 실렸던 짐들은 3번 수취대로 나온다고 한다. 짐을 잃어버릴까 봐 걱정이 된 나머지 서둘러 수취대 쪽으로 간다. 수취대에 도착해보니 아직 짐들이 나오지 않은 상태다. 컨베이어 벨트를 한눈에 볼 수 있는 곳에 자리를 잡고 선다. 그래야 내 짐이 나오면 재빠르게 낚아챌 수 있으니까.

다행히 짐을 찾는 데는 그리 오랜 시간이 걸리지 않았다. 빨간 리본이 달린 내 짐 가방이 컨베이어 벨트 위를 굴러 내려오자 그것을 재빨리 잡아채서는 서둘러 택시가 늘어서 있는 곳으로 끌고 간다. 줄이 금방 줄어들어 택시를 타는 일도 어렵지 않았다. 승강장에 발을 들이자 택시 기사가 얼른 짐을 들어 올려준다. 그에게 내 행선지를 일러준다.

"알겠습니다." 그가 큰 소리로 답한다.

택시 뒷좌석에 몸을 싣고 나니 그제야 안도감이 밀려온다. 어쨌든 걱정이 태산 같았던 나의 비행은 안전하게 끝난 것이다. 그리고 내가 올라탄 택시에는 말이 많은 사람이 있었다. 바로 택시 기사다.

"비행기 여행은 어떠셨나요?"

"순조롭지는 않았어요. 난기류를 만났거든요."

"거참, 고약스러웠겠네요."

"그래도 옆자리에 앉았던 승객들이 전부 근사하고 좋은 분들이었어요."

"그럼 좀 낫죠. 그런데 사실, 택시를 타는 것보다는 비행기를 타는 게 더 안전할 거예요."

"농담이라도 그런 말씀 마세요."

"하지만 사실인걸요."

추락하는 것이 무섭다고 해서
비행의 쾌감을 포기하지는 말라.

-레인 월러스-

그때 휴대폰이 울린다. 딸 도미니카로부터 온 전

화다.

"택시 타고 가는 중이야? 가방은 무사하겠지?"

"그래, 택시도 탔고, 가방도 무사해."

"엄마, 그거 알아? 비행기가 자동차보다 안전하다는 거. 실제로 자동차 사고 확률이 비행기 사고 확률보다 훨씬 높다고 해요."

"안 그래도 똑같은 얘길 듣고 있던 참이었어. 안전벨트는 잘 맸어. 그리고 난 자동차로 여행하는 건 그다지 무섭지 않아."

"아무튼 엄마가 무사해서 다행이야. 목소리도 한결 좋아진 것 같고."

"전화해줘서 고마워."

"별말씀을."

전화를 끊자 기다렸다는 듯이 택시 기사가 묻는다.

"따님이 아주 세심하게 손님을 챙기는 것 같네요."

"네, 제가 비행 공포증이 있거든요."

"그런 사람들이 많지요. 비행 공포증에 관해서라면 별별 사연이 다 있어요."

"그런 상황에 처하면 뭘 어떻게 해야 할지 모르겠어요. 기도하는 것 말고는요."

"네, 그렇죠. 아마도 기도가 가장 좋은 방법이 아닌가 싶네요."

"말이 나온 김에 지금 당장 기도를 드려야겠어요."

하나님, 제가 택시 기사님의 말을
알아들을 수 있게 해주셔서 감사합니다.

너는 용감하다. 그러나 네게 용감하다고 말하는 건
네가 어떤 신체적 위험에 맞서려고 하기 때문이 아니다.
나는 좀 더 깊은 차원의, 또 다른 용기를 이야기하는
것이다. 이 비행에 참여함으로써, 너는 네 안에 숨겨져
있는 어떤 것을 발견하기 위해 너란 사람 자신을 기꺼이
탐색하고자 한다는 것을 보여주었기 때문이다.

-해리 바우어-

가만히 듣고 있던 택시 기사가 그 말에 껄껄 웃는다. 나 역시 절로 미소가 지어진다. 문득 착륙하자마자 제인에게 전화하겠다고 약속했던 게 생각난다.

"살아 있는 거지?" 전화를 거니 제인이 다짜고짜 안부를 묻는다.

"응, 잘 도착했어. 처음에 비행기가 좀 흔들려서 당황하긴 했지만 나쁘지만은 않은 비행이었어."

"그 후로도 괜찮았지?"

"그럼, 다 괜찮았어." 내가 말한다.

"당연하지. 내가 널 위해 얼마나 열심히 기도했다구."

"나도 기도 열심히 했어."

"별 탈 없었다니 다행이다. 오늘 밤은 푹 자고 내일 만나자. 다섯 시 반쯤 파스칼루에서 저녁 식사 어때?"

"좋지, 점심은 제라드하고 같이하기로 했어. 그럼 내일 봐!"

잠시 후, 택시에서 내린 나는 호텔로 들어가 체크인을 마친다. 더 이상은 최악의 경우를 상상하지 않아도 된다. 이제 다시 성숙한 어른으로 되돌아온 것이다. 집으로 돌아가기까지는 딱 일주일이 남아 있다. 비행기 여행에 대해서는 더 이상 생각하지 말자고 다시 한 번 속으로 다짐한다. 대신 그 관심을 이곳에서 하게 될 강의와 새로 만날 사람들에게만 쏟을 작정이다. 쓸데없는 공포심 때문에 이곳에서 보낼 시간까지 망쳐서는 안 되니까.

오! "어둡게, 깊게, 아름답게 푸르다."
누군가가 어디에선가 하늘을 보며 노래한다.

-조지 고든 바이런-

걱정하고 불안해하는 일들이

순조롭게 잘 마무리되고 나면,

그에 대해 감사하는 마음을 잊을 때가 종종 있다.

잠시 시간을 내어 작은 감사 목록을 만들어보자.

예를 들면,

안전하게 도착한 것에 감사한다.

정성스럽게 싼 내 여행 가방이 무사한 것에 감사한다.

편안하고 안락한 호텔에 감사한다.

내 딸이 행복한 것에 감사한다.

오늘의 쾌적한 날씨에 감사한다.

목적지에 이르러서

"쓸데없는 걱정에 매여서 이곳에서 보낼 환상적인 시간을 망칠 수는 없잖아." 점심을 함께하기 위해 만난 친구 제라드에게 이렇게 큰소리를 친다.

"그렇고말고." 제라드가 말한다. 그는 분별이 있고 차분한 사람이다. 비행기 타는 일이 왜 이리 무서운지 모르겠다고 하소연하자, 그는 구글에 올라와 있는 믿을 만한 통계 수치까지 보여주며 비행기 여행이 얼마나 안전한가를 열심히 이야기한다. 그것으로도 모자랐는지, 비행기 여행의 안전성을 인터넷으로 검색해보라고 권하기까지 한다.

"그러니 쓸데없는 걱정을 하느라 진을 빼지 말라고." 그는 식사를 주문하면서 이렇게 매듭을 짓는다.

"오, 제라드, 그게 얼토당토않은 생각이란 건 나도 잘 알아." 그에게 또다시 솔직한 심정을 토로한다.

"당연하지. 그러니 그만 끝내." 그가 몰아친다.

"그게 말처럼 쉬운 일이면 얼마나 좋겠어." 내가 변명하듯 둘러댄다.

"아니, 그건 생각보다 간단한 일이야. 오히려 네가

그 단순한 문제를 아주 복잡하게 만들고 있다구." 그가 꾸짖듯이 말한다.

"걱정을 나중으로 미뤄둘 수는 있겠지." 나는 마치 모험이라도 떠나는 사람처럼 아무렇지도 않게 이런 말을 툭 내뱉는다.

"그래, 그거 좋은 생각이다!" 제라드가 '모처럼' 정신을 차린 나를 추어올린다.

"비행기를 타야 한다는 걸 좀 더 이따가 생각하는 거지. 그렇게 걱정을 계속 미뤄봐. 그러다 보면 어느 순간 걱정이 사라질 거고, 넌 완전히 걱정을 잊게 되겠지."

제라드가 말한 시나리오대로 상상해보려고 애쓴다. '내가 걱정을 잊게 될 거라구? 그게 가능하기나 할까?' 제라드는 어떻게든 그의 '미루기 전략'을 나에게 전파하느라 열심이다. 집으로 돌아가기 전날 밤에도 만나자고 해서 그와 저녁 약속을 잡는다.

"그러니 그때까지 걱정을 미뤄두는 거야!" 그가 힘을 주어 다시 말한다.

"알았어. 그렇게 하도록 노력해볼게."

내일 일을 미리 걱정하지 말라. 내일 일은 내일 스스로가
맡을 것이니 그날의 괴로움은 그날로 족하다.

-밀란 쿤데라-

제라드와 점심 식사를 끝내고 나니 제인과 만나는 저녁 시간까지 아직 세 시간이나 남아 있다. 그래서 메트로폴리탄 미술관으로 가서 내가 좋아하는 아시아관을 둘러보기로 마음먹는다. 그곳에서 시간을 초월한 듯 평화로운 부처님의 모습을 보면 그 강렬한 인상이 오래도록 마음속에 남을 것이다.

또다시 비행기에 타야 한다는 생각이 머릿속에 떠오를 때마다 애써 걱정을 미뤄버린다. "걱정은 나중에 해도 돼." 이렇게 혼잣말까지 하면서 말이다.

그런데 놀랍게도 이 전략은 꽤 효과가 있는 것 같다. 덕분에 두어 시간은 별다른 걱정 없이 보낼 수 있었다. 제라드의 '미루기 전략'이 효과를 발휘하고 있

는 것이다. 걱정에서 벗어나니 마음이 여유로워져 자연스럽게 '지금 이 순간'에 몰입하게 된다. 걱정 없이 마음껏 감상을 해서인지 한껏 기분이 좋아져 제인과 만나기로 한 프랑스 식당 파르칼루까지 걸어가보기로 한다.

"비행 공포증은 좀 괜찮아진 거야?" 제인이 내게 묻는다.

"전보다 나아졌어."

"기도가 응답을 받은 모양이네."

그녀에게 제라드가 전수해준 '미루기 전략'에 대해 이야기한다.

"하나님은 다양한 사람들의 목소리를 통해서 우리에게 말씀하시지." 제인이 말한다.

하나님께서 제라드의 입을 통해 내게 말씀을 전하셨을 가능성에 대해 곰곰 생각해본다. 그와 친구로 지내온 세월이 무려 45년이다. 그 오랜 세월 동안 나는 제라드를 한 번도 성스러운 존재로 생각해본 적이 없다. 그러나 멀리 내다볼 줄 아는 그의 통찰력과 낙천적 기질에 의지하면서, 숱한 위기 상황과 문제점들을 잘 헤쳐왔다는 사실은 손쉽게 수긍할 수 있다.

파산해 무일푼이 됐다고? 제라드에게 그건 그저 현금이 잠시 빠져나간 상태에 불과하다. 그러니까 금방 회복될 수 있다는 뜻이다.

실연을 당했다고? 제라드에게 그건 '바다에는 그 물고기 말고도 다른 물고기가 얼마든지 많이 있다.'는 말이다.

여러 해를 거치면서 그를 만나본 결과, 제라드의 이런 낙천주의적 시선과 관점을 나는 무한히 신뢰할 수 있게 됐다. '낙천주의'란 표현이 가벼워서 그렇지 사실상 그것은 '믿음'이 아니고 무엇이겠는가?

제라드의 경우와는 반대로, 제인은 최근에 알게 된 새로운 친구다. 하지만 그녀와 제라드에게는 공통분모가 있는데, 그것은 바로 '낙천주의'다. "집으로 돌아갈 때는 분명 비행기 여행을 즐길 수 있을 거야." 그녀 역시 제라드만큼 낙천적이다.

그것이 과연 가능한 일일까 여전히 의심스럽지

만, 그전과는 다르게 그게 아주 불가능한 일은 아닌 것 같다는 생각이 든다. 사람들 앞에서 강의를 해야 할 때면 이따금 제인에게 전화를 걸어 강의가 별 탈 없이 진행될 수 있게 특별 기도를 해달라고 부탁한다. 그러면 신기하게도 그녀가 기도한 대로 이루어진다! 그녀의 기도는 언제나 응답을 받는 것이다.

오랜만에 만난 제인과 나는 즐겁게 식사를 한다. 제인은 도버 소울(도버 해협에서 잡히는 넙치) 요리를, 나는 양고기 요리를 먹는다. 함께 음식을 먹으면서, 집으로 돌아가는 비행기 여행이 그냥 '견딜 만한 것'에 그치지 않고 '즐길 만한 것'이 될 수도 있다는 제인의 말을 곰곰 생각해본다. '그건 기적이겠지.' 그러다 갑자기 생각을 멈추고 제인을 바라본다. 그렇다면 제인에게는 그 기적이란 게 매일같이 접할 수 있는 흔한 무엇이란 말인가.

"그렇다면 무얼 위해 기도해야 하지?" 제인에게 묻는다. "순조로운 비행이 되게 해달라고?"

"그보다 더 나은 기도를 드릴 수 있지 않을까? 난

기류를 만나든, 순조로운 비행을 하든 그 순간을 즐길 수 있게 해달라고 말이야."

하지만 난기류 속에서도 비행을 즐길 수 있다는 것은 내겐 너무 어렵고 과한 일인 것 같아 제인에게 솔직하게 고백한다.

"너 말 타는 거 좋아하지 않니?" 제인이 묻는다.

"응, 그게 난기류랑 무슨 상관이 있지?"

"말이 껑충대며 달려갈 때의 그 리듬을 넌 좋아하지 않아?"

그제야 빙긋이 미소를 지어본다. 제인은 나를 궁지로 몰아넣는 법을 알고 있다. 그렇다, 말이 사납게 내달릴 때의 느낌을 나는 좋아한다.

"응, 맞아. 즐기지." 순순히 인정할 수밖에 없다.

"비행기를 기운이 넘치는 말이라고 생각해봐."

"그렇게 해볼게. 그런데 과연 잘할 수 있을까?"라고 의심이 가득한 말투로 묻는다.

"할 수 있고말고." 제인이 맞장구치며 격려해준다.

후식으로는 제인이 권하는 프로피테롤(아이스크

림 등으로 속을 채운 슈크림의 일종)을 주문한다. 한 입 한 입 떠 넣고 혀로 굴려가며 맛을 음미한다. 후식을 먹는 동안 이런저런 상념에 잠겨본다. 어쩌면 제인과 제라드의 조언 사이에서 너무 흔들리지 말고 나 스스로 순간순간을 즐기는 게 더 좋을 것 같기도 하다.

가장 현명한 사람은 자신만의 방향을 따른다.

-에우리피데스-

그날 밤 늦게 잠자리에 들려고 하는데, 내내 미뤄왔던 걱정이 슬그머니 고개를 쳐든다. 제라드의 '미루기 전략'이 드디어 포위를 당한 셈이다. 걱정을 한쪽에 접어두려고 애를 쓴다. 결국 이불 속에서 슬쩍 빠져나와 몸을 일으킨다. 그리고 기도를 올린다.

부디 제가 비행을 즐길 수 있게 도와주세요.

비행이 순조롭든 그렇지 않든 간에요.

부디 제인의 낙천성을 제게도 허락해주세요.

비행기를 한 마리 말이라고

생각할 수 있게 해주세요.

침대에 다시 몸을 누이자, 걱정의 무게가 한결 줄어들었다는 느낌이 든다. 남은 걱정을 훌훌 털어버리는 데 성공하자 금세 잠 속으로 빠져든다.

방랑과 변화를 사랑하는 것은
살아 있는 사람이라는 증거다.

-바그너-

목적지에 도착해서 안전하고 편안하게 머무는 동안에도 다시 집으로 돌아갈 여행길에 대한 걱정이 둥지를 틀기 시작하는 건 흔히 있는 일이다.

그럴 때는 어디든 걸어보라.

걷기는 걱정을 유예시켜 줄뿐더러 기분을 개선하는 데도 도움이 된다. 당신이 머무는 그곳에서 20분 동안만 혼자 걸어보라. 그것이 낙천성을 되살려줄지는 확신할 수 없지만 적어도 이것 하나만은 분명하다. 걷기를 통해 '영감'을 선물 받을 수 있다는 사실 말이다.

일상으로의 귀환

집으로 돌아가는 비행기를 타기 하루 전이다. 오늘만은 걱정을 해도 누가 뭐라 하지 않겠지만, '걱정은 나중에 하겠다.'는 생각을 되뇌고 있다. 제라드가 전수해준 '미루기 전략'은 어느덧 새로운 습관이 됐다.

여행 가방에 챙겨 넣어야 할 것들을 리스트로 만든다. 내용물은 집에서 나올 때와 별반 다르지 않지만 기내에서 읽고 싶은 책 두 권을 새롭게 추가했다. 이제 리스트를 하나하나 짚어가며 가방을 꾸리기 시작한다. 참! 오늘 밤 제라드와 저녁 식사를 함께하기로 했는데, 옷을 갈아입는 것도 깜빡하고 있다. 오후 네 시가 다 됐는데도 여태 잠옷 차림이다. 오늘은 좀 우아하게 보이고 싶은데…….

시계를 흘깃 쳐다보고는 기도를 드린다.

제가 짐을 잘 쌀 수 있게 도와주세요.
어느 것 하나도 잊지 않게 해주세요.
제라드에게 잘 보일 만한 옷을
입고 나가게 도와주세요.

우아하면서도 편안한 옷으로요.

제 손이 화장을 잘할 수 있도록 이끌어주세요.

용모는 결코 거짓말을 하지 않는다.

-발자크-

나는 물품 하나하나를 세심하게 가방 속에 챙겨 넣는다. 자기 전에 복용하는 약을 따로 챙겨놓는 것도 잊지 않는다. 결국 오후 다섯 시가 지나서야 옷을 벗어던지고 샤워실로 들어간다. 수건으로 몸을 말린 뒤에 튜닉과 슬랙스를 걸쳐 입는다.

제라드와 만나기로 한 약속 장소는 전에 제인과 만났던 프랑스 식당 파스칼루다. '오늘은 훈제 연어를 먹어야겠어.'라고 생각하며, 꼼꼼히 화장을 하고 마스카라를 덧바른다. 언제나 누구에게든 아름다운 모습을 보여주고 싶은 게 여자 마음이다.

운이 좋게도 승강장에 발을 들이자마자 택시 한 대가 도착한다. 택시는 파스칼루가 위치한 북쪽을 향해 차들로 꽉 찬 혼잡한 길 위를 꾸역꾸역 달린다. 이번 택시 기사 역시 좀 수다스럽다. 날씨 얘기(좋다)를 꺼냈다가 이내 교통 문제(나쁘다)를 들먹인다. 그렇게 심한 교통 체증과 씨름하면서 조금씩 목적지를 향해 나아간다. 다행히 약속 시간보다 15분 빨리 도착해서 요금을 치르고 레스토랑 안으로 들어가니 지배인이 호들갑을 떨며 예약되어 있는 테이블이 어디인지를 알려준다. 자리에 앉아 소다수 한 병을 주문하고 제라드를 기다린다. 약속 시간 5분을 남겨두고 그가 도착한다. 그에게 가벼운 키스를 하며 인사를 건넨다.

"아주 근사해 보이는걸." 그가 기분 좋은 말로 칭찬해준다.

"당신도 꽤 멋있어 보여." 내가 대답한다.

"그런데 그건 괜찮은 거야?" 제라드가 묻는다. 그가 말하는 '그것'이 '비행 공포증'이란 걸 잘 알고 있다.

"어떻게 될 것 같은 무시무시한 걱정들은 잠시 뒤로 미뤄뒀지." 그에게 다시 말한다. "당신이 알려준 '미루기 전략'을 썼거든."

"아주 좋아." 그가 말한다.

"하지만 그간 미루고 미루면서 쌓여왔던 어마어마한 두려움을 오늘 밤 몽땅 느껴야 할지도 몰라." 솔직한 심정을 털어놓는다.

제라드는 딱하다는 투로 혀를 끌끌 찬다.

"그 두려움도 내일로 미뤄둘 수 있을 거야." 그가 호방하게 말한다.

"그래, 그럴 수 있을 거야." 나도 선뜻 수긍한다.

그대의 하루하루를 그대의 마지막 날이라고 생각하라.

-호라티우스-

"난 당신이 할 수 있다는 쪽에 걸겠어." 제라드가 사려 깊은 목소리로 말한다. 그러고 나서 그는 내가 강의를 대하는 자세로 화제를 돌려 말을 계속 이어나간다. 원래 나는 강의를 앞두고도 늘 두려움에 떠는 편이었다. 그러나 강의를 계속하다 보니 두려움을 극복하는 법을 자연스럽게 터득하게 됐다. 내 강의에 열광

하는 학생들의 반응을 기대해보는 법도 배웠다.

"비행기 타는 일도 그것과 마찬가지야. 비행기 여행의 긍정적인 면을 기대해보는 거지." 제라드의 또 다른 제안이다. "내일 하게 될 여행을 반전의 기회로 삼아보라고. 당신은 새처럼 훨훨 하늘을 날아서 집으로 돌아갈 수 있을 거야. 그리고 그 여행은 당신이 기대해도 좋을 만한 경험일 테고 말이야."

비행기를 타고 날아가는 사람은……
보이지 않는 것을 믿어야 한다.
-리처드 바크-

주문한 음식이 나오고 이제 그것을 맛볼 차례다. 맛있는 연어 요리에 온 정신을 빼앗긴 동안 비행 공포증은 내 머릿속에서 성공적으로 지워진다. 디저트까지 다 먹고 이젠 숙소로 돌아가야 할 시간이다. 내일 아침 일찍 일어나 비행기를 타려면 지금 제라드와 작별 인사를 하는 게 맞다.

내일 오전 일곱 시에 공항까지 태워다줄 택시는 미리 예약해놓았다. 행여나 아침에 택시를 잡지 못하는 불상사를 막기 위해서다.

"그럼 잘 자. 당신이랑 좋은 얘기 나눌 수 있어 다행이야."

제라드가 작별의 키스를 한다. 그때 마침 택시 한 대가 정류장으로 미끄러져 들어온다. 나는 얼른 택시를 잡아탄다.

삶을 결코 두려워하지 말고, 모험을 결코 두려워하지 말며,
우연과 행운과 운명을 신뢰하라. 길을 떠나 다른 공간과
다른 희망을 정복하라. 그러면 나머지는 덤으로 주어지리라.

-앙리 드 고프레-

호텔로 돌아온 나는 또다시 공포가 엄습해올 거라 생각했지만 그런 일은 일어나지 않았다. 아마도 내 무의식이 두려움을 내일 아침까지 지연시키는 방어기제를 존중해준 모양이다. 가벼운 마음으로 짐 꾸리기를 마치고 잠자리에 든다. 여느 때처럼 뒤척일

거라 예상했지만, 실제로는 그 반대여서 자리에 든 지 몇 분도 채 안 돼 나는 잠 속으로 빠져들었다.

알람을 오전 여섯 시에 맞춰놓았지만 눈을 떠보니 오전 다섯 시 45분이었다. 급하게 옷을 입고 화장을 한다. 남은 30분 동안에는 떠날 채비를 해야 한다.

우선, 일지를 꺼내 매일 하기로 마음먹은 오전 과제 세 가지를 시작한다. 가장 사랑하는 사람들의 이름을 일일이 쓰고 마음속으로 그들 각각에게 축복을 빌면서 급하게 기도를 해나간다. 둘째 페이지를 넘길 즈음에야 비로소 두렵지 않다는 생각이 든다. 나에게는 여러 단점이 있는데, 그중 하나가 바로 성급하고 참을성이 없다는 것이다. 아니나 다를까 금방 초조해진 나는 아래층으로 내려가 예약한 택시가 오기를 기다리기로 마음먹는다. 그리고 마지막으로 남은 과제 하나, 바로 '얼간이 체크'를 시작한다. 뭔가를 깜빡하기 쉬운 경우에 하는 일종의 확인하는 행동인데, 다행히 잊어버린 건 없다.

밖으로 나가보니 예약했던 택시가 일찌감치 도착

해 있다. 그런데 이 광경은 뭐지?

차 앞부분의 보닛이 열려 있고, 택시 기사는 충전용 케이블을 손에 든 채 서 있다. "배터리가 다됐네요." 그가 말한다. 택시 한 대가 그 옆으로 바짝 붙어 선다. 그쪽 택시 기사가 '턱' 하고 자기 차 보닛을 열어젖힌다. 그러자 또 다른 택시 기사가 얼른 양쪽 케이블을 끌어다 접속시킨다. 시계를 보니 벌써 일곱 시를 지나고 있다. 비행기를 놓칠 위험을 무릅쓰고 싶지는 않다.

"정말 죄송하지만 다른 택시를 잡아야겠어요." 운전기사에게 말한다. 그 역시 당황해하며, 이제 곧 끝나간다고 말했지만 솔직히 배터리가 다 충전이 됐는지 안심이 되질 않는다. 할 수 없이 여행 가방을 질질 끌면서 거리로 나가 택시를 잡으려고 한 손을 치켜든다. 지나가는 택시가 없으면 어쩌나 걱정하면서 기다리다 한 블록 떨어진 곳에서 택시 한 대를 발견한다. 그 택시 기사도 나를 알아보고는 내 앞에다가 차를 세운다. 기사가 운전석에서 풀쩍 뛰어나와 내 여행 가방을 실어준다. 그에게 내가 가야 할 공항과 입구의 위치를 일러준다.

"알겠습니다." 대답과 동시에 그는 아주 신속하게 차를 몰고 간다. 속도감이 있지만 안전하게 차를 몰고 가는 그의 운전 솜씨가 아주 마음에 든다. 다행히 차가 많지 않은 시간이어서 공항까지 원활하게 달릴 수 있을 것 같다.

택시가 공항 차도 쪽 화물 탁송 데스크 앞에 서자 비로소 안도한다. 시간이 아직 많이 남아 있어서다. 고마운 마음에 택시 기사에게 팁을 듬뿍 준다. 그는 깜짝 놀라면서도 무척 고마워한다. 택시에서 내리자마자 포터(수하물 운반을 도와주는 사람)를 찾아 그에게 내 비행기 넘버, 행선지, 출발 시간 등을 일러준다.

"좀 일찍 도착하셨네요." 그가 말한다.

"네, 알아요. 일부러 그런 거예요." 짐을 건네주면서 나는 언제나처럼 웃으며 답한다.

여정은 그 자체로 보상이다.

-스티브 잡스-

우리에게는 신기하게도 걱정을 나중으로 미룰 수 있는

능력이 있다. 일단 마음을 강하게 먹으면 그렇게 된다.

걱정이 다시 고개를 들 때면 '그 일은 나중에 생각하겠다.'

하고 굳게 다짐한 다음, 그 결심을 현재에 적용해보라.

이것은 마치 근육을 단련시켜나가듯 우리가 충분히

익혀나갈 수 있는 '기술'과도 같다.

그리고 시간을 투자하면 할수록

이 능력을 더욱 쉽게 터득할 수 있다.

당신의 설렘과 불안을 이해하는

누 군 가

"어, 당신은?" 등 뒤에서 익숙한 목소리가 들린다. 몸을 돌려보니, 지난번 비행기에서 가운데 좌석에 앉아 있던 사람이 보인다.

"당신은!" 내가 똑같이 맞받아친다. "난 집에 돌아가는 길이에요."

"나도 그래요. 그나저나 이렇게 또 만나다니 너무 놀랍네요. 항공편이 이렇게 많은데 다시 만날 줄은 정말 상상도 못했어요."

"그래서 더 반가운걸요."

"돌아가는 비행기 좌석 번호가 어떻게 돼요? 혹시 알아요, 우리가 또 나란히 앉아 갈 수 있을지."

그녀가 탑승 수속을 밟는 동안 나는 한쪽으로 비켜서서 티켓 담당 직원에게 우리가 함께 앉아 갈 수 있는지 묻는다.

"좌석 변경은 게이트에서 하셔야 해요. 두 분은 일찍 오셨으니까 충분히 바꾸실 수 있을 거예요."

"잘됐네요. 고마워요."

대지와 산과 구름을 타고 넘는 순간 나는 이 세상을
내 것으로 소유했다. 나는 얼마나 그것들과 떨어지려야
떨어질 수 없는 관계로 맺어져 있었던가!

-찰스 린드버그-

탑승권을 손에 쥔 채 우리는 보안 검색대로 향한다. 이번에는 잊지 않고 목걸이를 짐 가방 속에 싸 넣었다. 벨트와 구두, 스웨터를 차례로 벗어놓으며, 제발 아무 일 없이 검색대를 통과할 수 있기를 바랐다. 그러나 예상은 빗나갔다. 콘택트렌즈용 식염수 용량이 기내에 반입 가능한 허용치를 넘어선 것이다. 결국 규정을 위반했다는 이유로 또다시 불려나가야 했다. 식염수 용기를 깨끗이 비우고 난 후에야 겨우 검색대를 빠져나간다. 잠시 뒤 내 비행 친구 역시도 검색대 요원의 제지를 받는다. 의료용 팔찌를 차고 있어서란다.

"이런 것들이 있어서 우리는 편하고 안전하게 살고 있는데……."

"하지만 이곳에서는 그렇지 않은 것 같아요."

"우선 게이트로 가서 좌석을 바꿀 수 있는지 알아봐요."

그사이 얼른 기도를 드린다.

제게 함께할 동료를 주시니 감사합니다.

그 어떤 두려움에 사로잡히지 않게 도와주세요.

그리고 우리가 나란히 앉아 갈 수 있게 도와주세요.

게이트에 도착해보니, 여직원 한 명이 데스크를 지키고 있었다. 그녀에게 우리 둘은 친구 사이이며 가능하면 옆자리에 나란히 앉아 가고 싶다고 설명한다. 그녀는 우리의 이야기를 듣고는 좌석을 바꿀 수 있는지 알아본다.

좋은 기회를 만나지 못했던 사람은 하나도 없다.
그것을 포착하지 못했을 뿐이다.

-D. 카네기-

"23열의 통로 쪽 좌석 하나와 창 쪽 좌석 하나를 드릴 수 있어요. 괜찮으시겠어요?"

우리는 서로 상의한다. 23열이면 좁은 통로를 따라 한참이나 뒤쪽으로 가야 앉을 수 있는 자리다. 하지만 같이 앉기 위해서라면 더 좋은 좌석도 기꺼이 단념할 준비가 되어 있다. 직원에게 그렇게 하겠다고, 새 탑승권을 발권해달라고 부탁한다. 그녀가 경쾌한 손동작으로 버튼 몇 개를 누르자 컴퓨터가 치지직 소리를 내더니 우리를 새로운 자리로 안내해 줄 탑승권을 발권한다. 비행기에 탑승하기까지 우리에게 남은 시간은 한 시간.

"신문 판매대나 둘러볼까요?" 그녀가 불쑥 제안한다. "공항에 왔는데 타블로이드지를 안 읽을 수 없죠."

여행의 최대 기쁨은 변화 속의 사물에 대한 경탄이다.

-스탕달-

비행기를 한 번이라도 타본 사람은 자신이 어느 자리에 앉아서 갈 때 가장 편안한지를 스스로 느낄 수 있을 것이다. 창가 쪽 좌석을 좋아하는 사람이 있는가 하면, 가운데 좌석이나 통로 쪽 좌석을 좋아하는 사람도 있을 수 있다. 만약 배정받은 자리가 마음에 들지 않으면 탑승 게이트에 일찍 도착해 좌석 변경을 요구하면 된다. 편하고 좋은 좌석을 요구할 수 있는 권리는 누구에게든 열려 있다.

나 자신을 위한 일

"이번엔 제가 타블로이드지를 살게요." 예상치도 못했는데 옆자리 비행 친구가 먼저 나선다.

"그럼 제가 먹을 걸 사죠." 나도 따라 제안한다.

그렇게 우리 둘은 사이좋게 34달러를 쓴다.

게이트로 다시 돌아오자 마침 탑승 대기실에 두 자리가 비어 있다. 친구는 얼른 자리를 잡고 앉아 타블로이드지를 펼쳐든다. 오늘자 신문에는 한 인기 영화배우가 알고 보니 게이라는 기사가 1면을 장식하고 있다.

"그 사람이 게이든 아니든 왜 이렇게 난리인 거죠? 이해가 안 돼요." 내가 말한다.

"게이라는 사실보다는 그걸 숨기고 있었기 때문에 더 그런가 봐요."

"감쪽같이 속이긴 했네요. 20년 동안 멀쩡하게 결혼생활을 유지하면서 애도 셋이나 낳았으니."

"아내는 자기 남편이 게이라는 사실을 정말 몰랐을까요?"

"눈치는 챘겠지만 사랑하니까 모른 척했을 수도

있죠. 어쩌면 그 사람, 양성애자일 수도 있겠네요."

"그러고 보니 당신, 오늘은 굉장히 차분하네요."

친구가 나를 한참 쳐다보더니 말한다.

"두려움을 잠시 미뤄두고 있을 뿐이에요." 그녀에게 제라드가 권해준 '미루기 전략'을 설명한다.

"그게 진짜 효과가 있어요?"

"지금까지는 그런 것 같아요."

"기도하는 것보다 나아요?"

"뭐가 더 나은지는 아직 잘 모르겠어요. 그래서 저는 두 가지 방법을 다 써요."

제가 가진 두려움을 밀어낼 수 있게 해주세요.

추신: 비행기가 하늘을 안전하게 날 수 있게 해주세요.

내가 웃자 친구도 따라 웃는다. 제라드의 '미루기 전략'이 확실히 효험을 발휘하고 있는 것 같다.

그때 우리가 탈 비행기의 조종사와 부조종사로 보이는 사람들이 게이트로 걸어 들어오는 모습이 보인다.

보안 요원이 벨을 눌러 그들을 통과시킨다. 두 사람 중 어느 누구도 얼굴이 붉게 달아올라 있거나 거칠어 보이지 않는다. 두 조종사 모두 유능해 보이고, 충분한 휴식을 취한 듯 생기 있어 보인다. 내 마음도 비로소 안정된다.

저희에게 훌륭한 조종사와 부조종사를
보내주시니 감사합니다.
그들에게 책임감 있는 자세와 좋은 컨디션을
허락하시니 감사합니다.
저희가 그들의 능력과 기술을
믿고 의지할 수 있게 도와주세요.

뒤이어 승무원 한 무리가 게이트에 도착한다. 맵시 있는 차림새에 몸매도 탄탄해 보인다. 다시금 기도를 드린다.

저희에게 훌륭한 승무원을

짝지어주셔서 감사합니다.
그들이 단정한 매무새와 맑은 정신을
갖게 해주셔서 감사합니다.
제가 그들을 신뢰할 수 있게 해주셔서 감사합니다.

게이트 입구는 어느새 떠날 준비를 마친 사람들로 꽉 들어차 있다. 거기 모인 사람들을 하나하나 둘러보는데, 내 가슴에 불현듯 따뜻한 동지애가 피어오르는 게 아닌가. 차림새나 외모가 조금이라도 이상해 보이면 테러리스트로 착각하던 '의심병'도 이젠 다 나은 듯하다.

"짐 가방이 꽤 두둑해 보이죠?" 친구에게 한마디 건넨다.

"테러리스트처럼 보이는 사람은 없나요?" 친구가 묻는다.

"네, 없는 것 같아요." 내가 웃어 보인다.

"오늘은 꽤나 낙관적이신데요?" 친구가 신기하다는 듯 묻는다.

"이왕이면 좋은 쪽으로 믿어보려고요." 내가 말한다.

"그래야겠죠." 대답은 그렇게 하지만 여전히 내 말을 믿기 어렵다는 기색이다.

"신념이란 게 워낙 전염성이 강하잖아요." 내가 힘주어 말한다. "저도 제라드와 제인이라는 제 친구들로부터 좋은 영향을 받았어요. 마흔 살 언저리인 제인은 종교자의 길을 걷고 있고, 제라드는 태생이 낙천주의자인 친구예요."

"그런 친구들을 곁에 두고 있다니 복도 많으세요. 제 친구들은 제가 기도했다고 하면 코웃음을 친다니까요."

"원래 기도를 제대로 해본 적도 없는 사람들이 기도 얘길 하면 코웃음 친다잖아요."

"저도 제 친구들에게 그렇게 얘기할 수 있으면 좋겠네요."

"믿음이 없는 사람들에게 믿음이란 쉽지 않은 일이겠죠."

"하긴 그래요."

외부로든 내부로든, 공간에서든 시간에서든, 우리가
미지의 것을 더 멀리 꿰뚫어볼수록 그것은 점점 더
드넓어지고 경이로워진다.

-찰스 린드버그-

승객들은 비행기에 탑승하기 전과 후 여러 번의 기다림을 거쳐야 한다. 줄을 서서 기다려야 하고, 게이트 앞에서 기다려야 하며, 탑승 차례를 기다려야 한다. 또 비행기에 탑승하고 좌석에 앉기 위해 기다려야 하고, 이착륙을 앞두고도 기다려야 한다. 지루한 기다림을 참고 견디는 이때야말로 큰마음 먹고 '사치'를 부릴 수 있는 절호의 시간이다.

예를 들어, 이번 기회가 아니면 결코 사보지 않을 것 같은 잡지나 책을 구매해보는 거다. 또 평소 같으면 손도 대지 않을 신기한 과자나 음료수를 사먹거나, 폭신한 양말이나 목 베개를 사보는 것도 좋다.

이는 정서적 긴장을 풀어줌으로써 심신을 안정시키는 데 특히 효과적이어서 장시간의 여행이나 비행으로 지친 사람들의 몸과 마음을 평온하게 하고, 기분도 한결 편안하게 만들어줄 것이다.

막상 용기가 생기지 않는다면

곧 있으면 탑승이 시작된다. 일등석 승객과 비즈니스석 승객이 입장하고 나자 우리 차례가 호명된다.

"자, 갑시다!" 내가 씩씩하게 외친다.

"활기가 넘치는군요."

"로저스와 해머스타인의 노래 가사처럼 해보는 중이에요. '용감한 척하세요. 그 속임수 덕에 당신은 멀리 나아가게 될 거예요. 당신은 용감한 척하는 만큼 용감해질 수 있어요.'"

"그 노래 저도 참 좋아해요. 나도 그렇게 해봐야겠네요."

"정말 효과가 있는 것 같아요."

"훌륭한 비행 친구를 만난 덕에 이것저것 얻어가는 게 참 많네요."

사람들로 북적대는 통로를 헤쳐가며 배정받은 좌석 쪽으로 걸음을 옮긴다. 우리는 비교적 몸체가 작은 '지역' 항공기에 몸을 싣고 있다. 비행기 옆구리 쪽 좌석이 두 개뿐인 곳에 자리를 잡는다. 이곳이라면 누군가가 우리 얘기를 엿듣지는 않을까 하는 걱정은 안 해도 될 것 같다.

"기도해줄 수 있어요?" 친구가 도움을 청한다.

"그럼요." 나는 기도를 드린다.

우리가 안전하게 비행할 수 있게 해주세요.

기장과 승무원들을 인도해주세요.

당신의 보살핌과 기운을 불어넣어주세요.

안전하게 이착륙하고 비행할 수 있게 해주세요.

당신의 도우심에 감사를 드립니다.

"역시 저보다 훨씬 기도를 잘하시네요. 제 기도는 그렇게 구체적이지 않거든요."

"이렇게 조목조목 기도를 드려야 왠지 안심이 돼요. 기도가 더 단단해지는 것 같다고 할까요?"

"어, 비가 내리네요." 친구는 창밖으로 시선을 던지며 잠시 생각에 젖는다.

비가 한두 방울씩 창문에 얼룩지기 시작하더니 이내 굵은 빗줄기로 바뀐다.

"이 정도 비면 이륙은 할 수 있어요. 착륙할 때 까다로워서 그렇죠."

게이트를 빠져나와 후방으로 물러난 비행기는 금세 속도를 높여 기다란 활주로를 질주한다. 마지막 순간에 몸체를 돌리고는 잠시 멈춰 서서 엔진을 재가동한다. 그러고는 천천히 조심스럽게 비바람을 헤치며 나아간다.

만약 창공이 훤히 뚫려 있고 방해물이 하나도 없다면,
날개를 만들어 높이 날아오르는 도전은 무의미할 것이다.

-로버트 버튼-

"자, 이제 가보는 거예요." 비행기가 공중으로 날아오르는 순간 내가 말한다. 비행기가 한쪽으로 급격히 기울자 친구는 떨리는 손으로 내 팔을 꽉 움켜쥔다. "괜찮을 거예요." 내 심장 역시 두방망이질을 치고 있었지만 일단 친구부터 안심시킨다. 창밖으로 건물들이 비스듬히 내다보인다. "이젠 괜찮을 거예요." 같은 말을 한 번 더 건넨다. "방향을 선회하느라 그런 것뿐이에요." 그제야 마음이 좀 진정됐는지 그녀가 꽉 잡은 내 팔을 놓아준다.

비행기는 애초에 북동쪽으로 이륙했지만 우리 목적지는 그와 정반대인 남서쪽에 위치해 있으므로 비행기가 가파르게 몸체를 틀 수밖에 없었을 것이다. 다행히도 비행기는 금세 균형을 회복해서 정방향으로 운항하며 나아간다. 비행기가 바퀴를 안으로 접어 넣자 '끼기긱' 하고 커다란 굉음이 울린다.

"우린 지금 잘 날고 있어요." 내가 큰소리로 외친다. "비바람도 곧 사그라들 거예요."

"당신의 기도가 하늘에 닿았나 봐요." 친구가 말한다.

불안한 승객들을 안심시키기 위해 기장이 안내 방송을 한다. "승객 여러분, 우리 비행기가 순항 고도인 3만 5천 피트 상공에 도달할 때까지 좌석벨트를 계속 착용해주시기 바랍니다. 비행기가 다소 흔들릴 수도 있겠지만 놀라실 필요는 없습니다."

"당신이 승객이라면 놀라지 않을 수 있겠어!" 옆

자리 친구가 감정을 담아 한마디 내뱉는다.

그때 비행기가 솟구쳐오르더니 이내 멀미가 날 정도로 고도가 뚝 떨어진다. 나는 얼른 기도를 드린다.

사랑하는 하나님,

제발 부드러운 기류를 만나게 해주세요.

다시금 비행기가 떠오른다. 쿠웅 소리를 내며 솟구쳤다 뚝 떨어지길 반복한다. 롤러코스터를 탄 것처럼 뱃속이 쪼글쪼글해지는 느낌이다.

친구가 또다시 내 팔을 움켜쥔다.

"곧 지나갈 거예요." 친구를 안심시키기 위해 말은 그렇게 하지만 비행기 몸체가 부르르 떨리자 나 역시 불안하기는 마찬가지다. 다시 기도를 드린다.

부디, 제발 부디, 평온한 기류를 허락해주세요.

기장을 침착하게 인도하시고,

비행기가 흔들리지 않게 도와주세요.

"하나님이 듣고는 계실까요?" 친구가 묻는다.

"하나님은 늘 우리의 기도를 듣고 계세요." 평상시 나 스스로에게 했던 말을 친구에게 건넨다.

나는 하늘을 바라보면서 하나님을 부정하는 사람을
상상할 수 없다.
-에이브러햄 링컨-

불쑥불쑥 오르락내리락하는 비행기의 움직임은 한층 더 격렬해진다. 승객들 쪽을 바라보며 앉아 있는 승무원들에게로 시선을 돌려본다. 그들도 걱정이 드리워진 표정으로 불안해하는 것만 같다. 아니면 그저 나 혼자만의 착각에 불과한 걸까? 비행기가 또 한 번 덜컹거린다.

"무섭네요." 친구가 말한다. "당신은 괜찮으세요?"

"곧 괜찮아지겠죠." 다시 한 번 나 스스로에게 했던 말을 친구에게 건넨다. "기도하고 싶으세요?" 내가 묻는다.

"네!"

"손 좀 줘보세요."

내 이웃의 손을 꼭 붙들고 소리를 내어 기도를 드린다.

비행기가 요동치니 무섭기 짝이 없습니다.
우리가 당신을 믿고 기장을 믿고 있으니
저희에게 굳은 확신을 심어주세요.
평온한 창공으로 저희를 이끌어주시고
저희 마음에 안정을 되찾게 해주세요.
부디 믿음을 갖게 해주세요.

비행기는 또다시 요동을 친다. 나와 친구는 서로 꼭 잡은 손을 붙들고 놓은 줄 모른다. 자연스럽게 기도가 또 흘러나온다.

부디 이 흔들림을 멈춰주세요!

비행기는 위로 솟구치는가 싶더니 이내 부드러운 기류 속으로 미끄러져 들어간다. 드디어 기도가 응답을 받은 것이다!

"용감한 척하세요. 그 속임수 덕에 당신은 더 멀리 나아가게 될 거예요."라는 말은 평범한 듯하지만 위대한 철학적 진리가 담긴 말이다.

만약 비행기를 타는 게 두려워서 망설여진다면 다음과 같은 '용감한 척'을 적극 권장한다.

일단 옆자리 승객에게 먼저 인사를 건네고 미소를 지어 보여라. 짧은 여정 속에 그 혹은 그녀가 당신의 좋은 친구가 되어줄 수도 있다.

또한 비행기에서 내릴 때뿐만 아니라 비행을 시작하기 전에도, 즉 기내에 탑승할 때도 조종사들에게 감사의 말을 전해보자. 감사를 나눌수록 행복은 더 커질 것이다.

마지막으로 긍정적인 태도를 보여라. 기내가 내 집처럼 아주 편안하다고 생각하는 것이다. '사람은 자기가 믿는 대로 된다'라는 말처럼 자신의 생각대로 행동하고 움직이다 보면 길은 저절로 열리는 법이다.

만남과 헤어짐의
새로운 의미

"고마워요." 불안에 떨던 손을 거두며 옆자리 친구가 말한다.

"당신의 기도 덕분에 마음이 편안해졌어요. 아까 공항에서 당신을 다시 만나게 된 게 얼마나 큰 행운인지 모르겠어요." 그녀는 잠시 입을 다물더니 뭔가 생각났다는 듯 눈을 반짝이며 말한다. "아 참, 근데 감사 기도를 빼먹었네요."

"어서 하세요."

저희들의 기도에 응답해주시니 감사합니다.
비행기의 흔들림을 멈춰주시니 감사합니다.
부드러운 기류를 만나게 해주시니 감사합니다.
아멘.

"봐요, 이제 우리 기도가 완전해졌죠?"

"네, 지금은 더 이상 바랄 게 없어요. 그런데 이런 상황에서는 어떻게 기도를 드려야 할까요?"

나는 지금의 솔직한 심정을 담아 기도를 드린다.

순조롭게 운항할 수 있게 해주셔서 감사합니다.

이 평온함에 감사를 드립니다.

저희들과 함께하시는 당신의 존재를

깨닫게 하시고 당신의 자애로운 사랑을

믿게 해주세요.

"하나님의 자애로운 사랑을 진심으로 믿고 계시네요." 옆자리 친구가 내 기도에 감동한 듯 얘기한다.

"네, 저는 진심으로 그분의 사랑을 믿고 있답니다."

"그분이 당신께 기적을 내려주시길 바라는 것 같아요."

"비슷해요. 전 하나님이 절 도와주셨으면 하거든요." 나는 순순히 인정한다.

"우리가 같은 비행기를 탔다는 것도 어쩌면 하나님이 계획한 기적일지도 몰라요." 내 옆자리 친구가 따뜻한 미소를 던지며 고백한다.

"맞아요. '기적'인 동시에 멋진 '인연'이죠."

"제가 말씀을 안 드려서 그렇지, 제 기도는 응답을

받은 거나 다름없어요. 당신처럼 근사한 옆자리 친구를 또 만나게 해달라고 신께 기도드렸었거든요."

"몸 둘 바를 모르겠네요." 그녀가 건넨 따뜻한 말 한마디에 내 가슴이 벅차오른다.

"옆에 누가 앉느냐 하는 문제는 생각보다 꽤 중요해요. 상대가 누구냐에 따라 비행기에서 내내 공포에 벌벌 떨기도 하고, 마음을 놓기도 하거든요."

"앞으로는 우리 둘 다 겁먹는 일 없이 비행기를 탈 수 있으면 좋겠네요." 내가 힘을 주어 말한다. "제 친구인 제인이나 제라드는 그게 전혀 겁먹을 일이 아니라고 누누이 제게 얘기하죠."

"제인은 뭐 하는 분이세요?" 옆자리 친구가 묻는다.

"영화배우예요."

"그럼 비행기 탈 때 태평할 수 있겠네요. 연기가 일상인 사람이잖아요."

"그러네요. 저는 제인처럼 연기할 일은 거의 없으니까."

"그럼 제라드는요?"

"선생님이에요."

"그분도 마찬가지겠네요! 꼬마아이들 앞에서 늘 아무렇지 않은 척 폼 잡고 있어야 하니까요."

"하하하. 맞는 말이네요. 어때요, 당신 기분도 좀 나아졌나요?"

"네, 그분들 덕분에 실컷 웃었네요. 비행기 타는 일은 여전히 두려운 일이지만요."

"저는 제인과 제라드를 믿어볼 작정이에요. 그들이 얘기해준 대로 하면 기분이 한결 좋아지거든요. 기분이 좋아지는 일을 찾기 위해 다양한 방법을 시도해보는 것도 나쁘지 않은 것 같아요."

"저기 해가 지는 모습 좀 보세요."

옆자리 친구의 말대로 창밖을 내다본다. 해 질 녘 고운 살구빛 하늘에 노을이 화려한 빛깔로 물들고 있다. 수평선을 따라 선홍색이 리본 모양으로 펼쳐져 있는 것 같다.

"아름답네요." 나는 감탄에 젖어 말한다.

"너무 아름다워서 세상 만물을 창조한 신의 존재

를 믿지 않을 수가 없네요." 옆자리 친구가 놀라운 말을 던진다.

"어머, 그런 생각은 해본 적 없었는데, 듣고 보니 정말 그러네요."

우주를 한 사람으로 축소시키고 그 사람을
신으로 확대시키는 것이 바로 사랑이다.

-빅토르 위고-

"당신을 만나고부터는 줄곧 신을 믿어보려고 노력하는 중이에요." 친구가 솔직한 마음을 털어놓는다.

"그렇게 될 때까지 그런 척해보세요." 내가 한마디 건넨다.

"그게 무슨 얘기죠?"

"신을 믿는 시늉을 하다 보면, 어느새 정말로 믿게 된다니까요."

"당신도 처음에는 그런 방법을 썼나요?" 친구가 궁금한 표정으로 묻는다.

"저는 매일 아침저녁으로 기도를 드렸어요. 처음에는 뚜렷한 대상 없이 기도를 드렸다가 차차 어떤 대상에게 기도를 드리기 시작했죠. 그 대상이 결국 '하나님'이 된 거고요."

"지금은 오로지 하나님만을 믿는 독실한 신자인가요?" 옆자리 친구가 꼬치꼬치 캐묻는다.

"네." 나는 순순히 인정한다. "이젠 세상 모든 일들이 기도의 주제가 돼요. 예를 들어, '하나님, 이토록 멋진 노을을 보여주시니 감사합니다.' 이렇게 말이에요."

"하나님, 정신을 딴 데 팔 수 있게 해주셔서 감사합니다, 이렇게도요?" 친구가 장난스럽게 묻는다.

"바로 그거예요!"

진정한 여행의 발견은 새로운 풍경을 보는 것이 아니라
새로운 눈을 가지는 것이다.

-마르셀 프루스트-

두 시간 반이란 시간이 별 탈 없이 흘러가고, 나는 어느새 읽고 있는 책 속으로 깊이 빠져들어 있다. 비행기가 목적지에 가까워졌음을 알리는 기내 방송이 흘러나올 때쯤에야 이번 비행은 정말로 순조로웠으며 심지어 즐길 만했다는 사실을 깨닫는다. 순간 감사와 안도가 뒤섞인 한숨이 새나온다.

창밖으로 시선을 돌리니, 아래쪽으로 보이는 화물 격납고가 뒤로 물러나고 있다. 장난감 크기만 하게 보이던 화물 트럭들이 커다랗게 눈에 들어온다. 우리는 활주로 끝에 서 있는 불빛들을 지나쳐간다. 비행기 몸체가 아래로, 더 아래로 가라앉더니 마침내 성공적인 착륙을 알리는 '턱' 소리와 함께 지상에 안착한다. 그러고 보니 옆자리 친구와 통성명도 제대로 하지 않았다. 그녀에게 이름을 묻자, 친구는 이름과 이메일 주소를 함께 알려준다. 나 역시 이름과 이메일 주소를 알려준다.

"저는 3주 뒤에 또 비행기를 타야 해요. 제 딸이 그즈음에 아이를 출산해서 보러 가야 하거든요." 그녀에게 내 사정을 이야기한다.

"그렇다면 편안한 마음으로 비행기 타실 수 있게 제가 기도해드릴게요." 친구가 친절하게 답한다.

"저도 당신을 위해 기도할게요. 조만간 또 비행기 타실 일이 있으세요?" 내가 묻는다.

"아뇨, 당분간 없어요."

"혹시라도 비행기를 타게 되거든, 우리가 썼던 속임수 잊지 않으실 거죠?" 내가 부드러운 목소리로 채근하듯 묻는다.

"기도와 타블로이드지 말이죠? 그래도 기도는 속임수가 아닌 것 같아요." 친구가 대답한다.

"맞아요, 속임수가 아니죠. 그래도 잊지 않으실 거죠?"

"그럼요." 친구의 대답에는 흔들림이 없다.

"당신과 함께 여행해서 정말 즐거웠어요." 그녀에게 감사 인사를 전한다.

"저도 그래요."

비행기가 게이트 앞에 멈춰 선다. 좌석벨트를 풀

어도 좋다는 신호음이 들린다. 친구와 나는 머리 위 짐칸에서 여행 가방을 내린다. 나머지 짐 하나는 비행기에서 내린 뒤 수하물 컨베이어 벨트에서 찾아야 한다.

"그럼 잘 가요." 내가 말한다.

"네, 안녕히 가세요." 옆자리 친구는 작별 인사를 남긴 채 붐비는 사람들 속으로 유유히 사라진다.

인간의 감정은 누군가를 만날 때와 헤어질 때
가장 순수하게 빛난다.

-장 폴 리히터-

컨베이어 벨트에서 짐 가방을 찾아 셔틀버스가 대기하고 있는 곳으로 서둘러 간다. 셔틀버스는 사막을 배경 삼아 북쪽을 향해 내달린다. 한 시간 남짓 버스를 타고 달리다가, 산 중턱에 위치한 우리 집까지 날 데려다 줄 택시 한 대가 기다리고 있는 정류장에서 내린다.

자애로운 존재를 접할 수 있는 방법 중 가장 빠른 것은

당신이 좋아하는 자연의 목록을 만들어보는 것이다.

생각나는 대로 당신이 좋아하는 자연이나 풍경을

열 가지만 적어 보아라. 바로 이렇게!

나는 입안에서 톡톡 터지는 라즈베리를 좋아한다.

나는 행복의 상징인 파랑새를 좋아한다.

나는 살구빛으로 물든 해 질 녘 노을을 좋아한다.

(…)

나는 로버트가 찍은 사진들을 좋아한다.

이렇게 좋아하는 자연의 풍경이나 소재를 나열하다 보면,

세상 만물을 창조하고 다스리는 자애로운 존재에 대한

믿음이 저절로 생겨날 것이다.

돌아갈 곳이 있어
행복한

인간은 자신이 필요로 하는 것을 찾아 세계를 여행하고
집에 돌아와 그것을 발견한다.

-조지 무어-

드디어 익숙한 풍경이 눈에 들어온다. 잣나무 숲 한가운데 둥지를 튼 어도비 하우스. 본채에서 바깥쪽으로 삐죽 튀어나와 있는 내 집필실은 새 모이통에 빙 둘러싸여 있고, 저 아래로 건너다보이는 호숫가 풍경은 늘 미소를 머금게 한다.

다시 비행기에 오르기까지 아직 3주란 시간이 남아 있다. 언제나처럼 아침에 일어나서 모닝 페이지를 쓰고, 점심을 먹고 잠시 쉬었다가 오후 시간이 되면 집필에 몰두한다. 저녁을 먹고 또 쉬었다가 의욕이 생기면 또다시 집필하는, 나만의 오래된 일상으로 되돌아온다.

평소와 다름없이 똑같은 하루하루지만 친구들은 요즘 들어 내가 부쩍 예민해진 것 같다고 한다. 아마도 긴장의 끈을 놓을 수가 없기 때문이리라. 딸의 출산 예정일이 가까워오면서 언제 전화가 걸려올지 몰라 나는 상시 대기 중이다. 만약 딸에게서 전화가 걸려온다면 공항으로 쏜살같이 달려가 시카고로 가는 어떤 비행기에든 당장 올라타야 할 판이다.

하루가 지나고 또 지나도 전화는 걸려오지 않는다. 행여나 전화를 놓치는 게 아닌가 싶어 이젠 집 밖으로 외출도 하지 못하는 지경이다. 사위인 토니는 내가 외출할 때를 대비해 집 전화로든 휴대 전화로든 통화가 될 때까지 연락을 드리겠노라고 철석같이 약속을 해두었다. 물론 사위의 굳은 다짐이 마음을 안심시켜주긴 하지만, 그렇다고 불안이 완전히 가신 것은 아니다. 이번이 딸아이의 첫 출산이지 않은가. 그리고 아이를 갖기까지 그 과정도 결코 순탄치 않았다. 여기서 내가 할 수 있는 일이란 딸이 순산할 수 있도록 온 마음을 담아 기도드리는 것뿐이다. 딸의 출산 예정일은 공교롭게도 7월 4일이다. '아가야, 네 생일에 온 나라가 불꽃놀이를 한다니 이 얼마나 멋지고 신나는 일이니!'(7월 4일은 미국 독립기념일

로 매년 미국 전역에서는 이를 기념하는 불꽃놀이 축제가 펼쳐진다 — 옮긴이)

"원래 첫째 아이는 예정보다 늦게 나온대요." 어디선가 주워들었던 이야기다. 출산 예정일에 맞춰 딸네 집에 갔다가 열흘이 지나고 나서야 손자를 봤다고 말한 사람도 있다. "내 인생에서 가장 불편했던 열흘이었어요." 그런 말들 때문인지 좀처럼 마음이 놓이지 않아 우선은 집에서 대기하고 있다가 연락이 오면 떠나기로 한 것이다. 비록 몸은 이곳에 있지만 마음은 온통 시카고에 있는 딸에게로 향해 있다.

"별일 없는 거야?" 하루가 멀다 하고 딸에게 안부전화를 건다. 징징거리는 법이 없는 딸아이도 이번만큼은 앓는 소리를 한다. "잠을 잘 못 자겠어. 내가 자리에 눕는 걸 애(배 속 아기)는 제멋대로 돌아다니라는 신호로 알아듣나 봐."

문득 내가 딸아이를 가졌을 당시와 마지막 산달에 겪었던 불편함이 떠올랐다. 딸은 나보다 체구가 더 작다. 그러니 몸이 얼마나 고역이겠는가.

"그래도 계속 잠을 청해봐." 몸이 피로하면 만사가 괴로워진다는 걸 잘 알기에 딸을 다독이며 격려해준다.

아무렇지 않은 듯 말은 그렇게 하지만, 몸집이 작은 딸이 혹여 출산하는 데 무리가 가는 건 아닐까 걱정이 되는 건 어쩔 수 없다. 그러면 친구들은 이렇게 말하며, 나를 안심시키려 한다. "키가 150센티미터인 여자들도 아이 쑥쑥 잘 낳는 거 너도 봐서 알잖아. 걱정 마."

새벽 기도에 딸의 순산을 바라는 내용도 끼워 넣는다. 태아의 움직임을 봐서는 출산이 임박한 것 같다. 나는 딸에게 하루에도 몇 번씩이나 전화를 걸어가며 아예 전화통에 딱 달라붙어 있다. 잔소리를 하고 싶어서가 아니라 힘이 되어주고 싶은 마음에서.

"배가 너무 빵빵해서 빵 터지기 일보 직전이야." 딸이 웃으며 얘기한다. 딸아이와 사위는 부부 출산 교실에 부지런히 참석하며 부모가 될 준비를 하고 있다. 예비 엄마, 아빠는 배 속의 아이가 너무나 궁금

한 나머지 한시라도 빨리 만나고 싶은 눈치다.

"나도 널 그렇게 기다려가며, 배 속에서 열 달을 품고 있었지." 딸에게 말한다.

"고마워요, 엄마." 딸 도미니카가 수줍게 말한다. 출산하기 전에 미리 거기 가 있겠다고 하자, 딸아이가 말린다. 딸아이가 바라는 건 단 한 가지, 출산 신호가 올 때 남편이 자신을 신속히 병원에 데려다주는 것뿐이다. 그리고 내가 할 일은 전화벨이 울릴 때마다 전화기를 향해 온몸을 던지기를 반복하면서 반가운 소식을 조금 더 기다려보는 것이다.

좋은 일을 생각하면 좋은 일이 생긴다.
나쁜 일을 생각하면 나쁜 일이 생긴다. 우리는
우리가 하루 종일 생각하고 있는 것 바로 그것이다.

-조셉 머피-

흔히 집은 '마음이 깃드는 곳'이라고들 한다.

여행을 마치고 집으로 돌아오면 그걸 더 잘 느낄 수 있다.

예를 들어, 집에 발을 들여놓기 전에 집 주변을 한번 둘러보라.

집이라는 존재에 대한 고마움 등 그 무엇이라도 좋으니

자유롭게 찾으면 된다. 고치고 싶은 부분을 생각해봐도 좋다.

그렇게 집을 돌보고 바라보는 행위는 궁극적으로

우리 자신을 돌보는 것과도 연결된다.

여행이 끝나고 몸과 마음에 편안한 휴식을 취했다면

이제 당신의 집을 안락한 공간으로 만들어주는 것들에

관심을 기울여보기 바란다.

첫인상 그리고

마지막 여 운

7월 3일 정오, 마침내 기다리던 전화가 걸려왔다. 딸의 산통이 시작된 것이다. 안절부절못하며 시카고행 비행기를 수소문한다. 다음 날인 7월 4일 항공편 가운데 가장 이른 시각에 출발하는 비행기의 좌석을 확보한다. 걱정이라면 출발하기 전까지 해야 할 일이 산더미라는 사실이다.

우선 타이거 릴리부터 애견 호텔에 다시 맡겨야 한다. 타이거 릴리의 약과 사료 — 심장 관련 약과 칼로리는 낮지만 가격은 비싼 사료를 먹는다 — 를 챙긴 다음, 목에 줄을 채워 차로 데려간다. 보드랍고 폭신한 애견용 양털 덮개가 깔려 있는 뒷좌석에 타이거 릴리를 앉힌다.

"말 잘 들을 거지, 아가?" 내가 묻는다. 타이거 릴리에게는 이제 더 길게 설명할 필요가 없다. 이 녀석은 '호텔' 생활을 꽤나 즐기는 듯하다. 애견 호텔은 차로 가면 금세 도착하는 거리에 있다. 미리 그곳에 전화를 걸어 타이거 릴리를 맡아줄 수 있는지 확인한다.

"타이거 릴리!" 문을 열고 들어서자 접수대에 서

있던 여자가 반색을 한다.

그녀는 문을 열어 개들이 놀고 있는 공간 안으로 타이거 릴리를 들여보낸다. 그 녀석은 이곳에 오길 몹시도 기다렸다는 듯이 잽싸게 달려가서는 친구들과 뒤섞인다.

"잘 있어, 아가." 우리 너머로 총총히 사라지는 타이거 릴리의 뒤꽁무니에 대고 아쉬운 목소리로 말한다.

"언제 데려가실 예정이죠?" 접수대에 있던 여자가 묻는다. 그러고 보니 아직 서류도 작성하지 않았다.

"제가 언제 집에 돌아올지 아직 정해지지 않아서요. 거기 가서 전화 드릴게요. 실은 우리 딸아이가 첫 출산이라서 급히 시카고로 가봐야 하거든요. 지금 막 진통이 시작됐다고 해요."

"축하드려요. 할머니가 되셨네요."

할머니라……. 내가 할머니가 될 준비가 되긴 한 걸까? 어릴 적 나는 할머니를 '할매(Mimi)'라고 불렀는데, 왠지 그렇게 부르는 게 좋았기 때문이다. 이제 내가 그 '할매'가 된 것이다. 아기가 날 어떤 명칭으로 불러줘도 행복하고 기분 좋을 테지.

그런 상상을 하며, 차를 몰고 집으로 가서는 곧바로 여행 가방에 짐을 꾸려 넣기 시작한다. 열흘쯤 집을 비우게 될 것 같다. 빠뜨리는 게 없도록 또다시 필수품 목록을 작성한다. 여권에서부터 책과 원피스까지, 목록은 끝도 없이 이어진다. 약을 기내용 가방에 따로 챙겨 넣고 나서야 짐 싸는 일이 모두 끝난다.

밤 열한 시, 잠을 청할 시간이다. 그런데 비행을 앞둔 지금 나는 전혀 불안을 느끼지 않는다! 당장 내일 아침에 비행기를 타야 하는데도 마음이 평온하다. '기적'이라고밖에 여겨지지 않는다. 나는 기도를 드린다.

제 맘이 평온하고 두려움이 없으니
하나님 감사합니다.
깊은 꿈속으로 저를 인도하시고
일찍 일어나
아무것도 빠뜨리는 것이 없게 해주세요.

저를 셔틀버스 정류장까지 데려가줄 차가
제시간에 도착할 수 있게 해주시고
여유 있게 셔틀버스에 오를 수 있게 해주세요.
셔틀버스가 예정된 시각에
공항에 도착하게 해주시고
아무런 사고 없이 비행기가 날 수 있게 해주세요.
당신의 도우시는 손길에 감사를 드립니다.

하나님의 은총 덕분인지 금세 곤한 잠에 빠져든다. 밤새 숙면을 취해서인지 알람이 울리기도 전인 오전 여섯 시에 잠에서 깨어난다. 진한 커피를 한 사발 내리고는 모닝 페이지를 써 내려간다. '들뜬 가운데 평온하다.' 이렇게 지금의 기분을 기록한다. 곧 있으면 비행기를 타는데도 신기하게 하나도 겁나지 않는다. 그보다는 딸아이 걱정에 마음이 더 뒤숭숭하다. 사위에게 전화를 걸어 물어보니 딸아이는 여전히 진통 중이란다. 병원에서 강력한 분만유도제를 투여했지만 아직까지는 별 효과를 못 본 모양이다. "도미니카에게 내가 사랑한다고 좀 전해주게. 이제 곧 이 엄마가 갈 거라고." 사위에게 신신당부한다.

공항으로 갈 채비를 마치고 파인애플 몇 조각으로 배를 채운다. 소설가인 내 친구 존 바워즈가 셔틀버스 정류장까지 나를 데려다준다고 한다. 오전 여덟 시, 그의 차가 집 앞 도로에 정차한다. 10분 빨리 도착했지만, 나는 이미 채비를 마친 상태다.

"다 됐어?" 그가 묻는다. "짐은 이게 다야?"

"응." 내가 답한다.

"혹시나 몰라서 아침에 알람시계를 두 개나 맞춰놨어." 그가 말한다. "무슨 일이 생길지 몰라서 말야." 쓸데없는 걱정의 정도를 따지자면 존과 나는 막상막하일 것이다. "공항에는 일찌감치 도착해 있는 게 좋아." 그가 한마디 덧붙인다.

존은 산길을 따라 운전하는 내내 대화를 유유히 이어나간다. 곧 아기를 볼 수 있다는 생각에 마음이 들뜬 나머지 그가 하는 말이 제대로 귀에 들어오지 않는다. 잠시 뒤 워터 앤 산도발 거리에 있는 셔틀버스 정류장에 20분 일찍 도착한다. 존은 셔틀버스가 갓길에 정차할 수 있도록 배려해서 차를 세운다.

"셔틀버스는 정확한 시간에 도착하는 편이야?" 그가 묻는다.

"그럼." 나는 확신을 가지고 말한다.

존은 소설가일 뿐만 아니라 세계 최고의 중세연구가이기도 하다. 그는 '톨킨이 바라본 초서'란 주제로 논문 발표를 앞두고 있는데, 그날을 상상해보는 것만으로도 기분이 좋은지 셔틀버스를 기다리는 내내 자신의 논문 이야기를 신나게 들려준다. 존의 얘기에 귀를 기울이면서 틈틈이 내 마음 상태를 점검해본다. 지금도 여전히 무섭지 않다. 이게 어떻게 가능한 걸까?

셔틀이 정확히 시간을 맞추어 갓길로 들어선다.

"고마워, 존"

"여행 가방 이리 내. 버스까지 내가 들어줄게."

건축가 빈첸조 볼렌티에리가 한 말에 따르면,
날아다니는 새들은 장소와 장소를 오가며 살지 않는다고
한다. 새들은 장소와 함께 날아다닌다는 것이다. 새들은
비행할 때 하늘을 제집 삼아 산다. 즉, 난다는 것은
그들이 이 세상에서 존재하는 방식이다.

-제프 다이어-

셔츠에 '마이크'란 이름표를 단 셔틀버스 기사는 승객 명단에서 내 이름을 확인한다. "아메리칸 항공 승객이세요?" 승객 명단이 적힌 노트를 흘깃 보더니 그가 묻는다.

"네, 기사님, 그런데 저 조수석에 앉아도 괜찮죠?"

"네, 올라타실 수 있게 해드릴게요."

"이제 다 된 거지?" 존이 묻는다.

"응. 태워다줘서 고마워."

셔틀버스 기사는 내가 편히 앉아 갈 수 있도록 조수석을 고정시켜준다. 존과 작별 인사를 나누고는 조수석에 올라 좌석벨트를 맨다. 약간의 긴장감을 즐기는 동안 승객들이 한두 명씩 도착한다. 기사가 승객 명단에서 그들의 이름을 일일이 확인한다. 예

약했던 아홉 명이 한 사람도 빠짐없이 탑승한다. 확인 작업을 끝낸 기사가 화물칸을 걸어 잠그고 운전석에 오른다. 그러고는 통신기에 대고 보고를 한다. "본부, 여기는 마이크. 아홉 명 출발합니다." 그가 갓길에서 차를 뺀다.

버스는 미로처럼 펼쳐진 산타페 시가지를 15분가량 내달리다가 앨버커키로 향하는 고속도로 진입로로 접어든다. 우리는 다시 산타페 외곽을 10분 동안 통과해 나아간다. 각양각색의 아름다운 집들이 보이던 풍경이 사막으로 뒤바뀌고, 우리는 65킬로미터에 걸쳐 뻗어 있는 황무지를 질주한다.

'도미니카는 괜찮은 걸까? 벌써 스무 시간째 진통으로 고생하고 있다는데…….' 시름에 잠겨 창밖을 바라보다가 문득 지난번에 봤던 조랑말이 생각나 두리번거려보지만 코빼기도 보이지 않는다. 대신 듬성듬성한 초원에서 한가롭게 풀을 뜯고 있는 가축 떼가 보인다.

"제시간에 맞춰 가고 있는 거죠?" 초조해진 내가

기사에게 묻는다. 비행기를 놓치면 어떡하나 하는 걱정이 머릿속에서 떠나지 않는다.

"그럼요." 그가 답한다. "앨버커키의 출근 정체만 피하면 됩니다."

길가 표지판에 공항까지의 거리를 나타내는 숫자가 깜빡거린다. 22킬로미터를 남겨두고서야 비로소 긴장이 풀린다. 앨버커키 국제공항 출구로 접어든 버스는 출발 표시가 되어 있는 표지판들을 따라 내처 달린다. 내가 타고 갈 비행기는 아메리칸 항공사로 공항의 첫 번째 정류장 부근에 위치해 있다. 기사는 보도 승하차대에 차를 세우더니 재빨리 운전석에서 내려 짐칸을 연다.

"빨간 리본이 달린 검정색 가방이에요." 기사가 가방을 쉽게 찾을 수 있도록 특징을 설명해준다. 기사는 낑낑대며 가방을 갓길까지 옮겨다준다.

"정말 고마워요." 그의 손에 팁을 쥐여주며 말한다. 여행 가방을 끌고 갓길 쪽에 있는 탑승 수속대로 간다. 벽에 걸린 시계가 이륙 시간까지는 두 시간, 탑승 시간까지는 한 시간 반이 남아 있음을 알려준다. 티켓 담당 직원에게 여권과 신용카드를 건네주며, 짐 하나는 부쳐달라고 부탁한다. 직원은 내 항공편과 목적지를 확인하더니 언제나처럼 "일찍 도착하셨네요."라고 말한다. 늦어서 허둥지둥하느니 빨리 도착해서 여유 있게 기다리는 게 좋다고 답해준다. 어깨를 으쓱하며 웃는 그에게 고맙다는 인사를 남기고 터미널 쪽으로 발걸음을 옮긴다.

출국 심사대로 뚜벅뚜벅 걸어가서는 여권을 건넨다. 출국 심사 직원이 여권을 대조해보고는 탑승권에 '오케이'라고 휘갈겨 쓴다. 그러고는 나를 사람들 무리 속으로 떠밀어 보낸다. 익숙한 과정이 남아 있다. 재킷이며 신발, 벨트를 벗고 펜던트를 푼다. 지갑과 손가방과도 잠시 이별이다. 노트북은 이번에 아예 챙겨오지 않았다.

"여기 발자국 모양 위에 서서 머리 위로 손을 올리면 되는 거죠?"

"네, 다 됐습니다. 가시면 돼요." 보안 검색대 직원의 목소리에 어딘지 모르게 짜증이 섞여 있는 것 같다. 내가 예민해져서 그렇게 들리는지도 모르겠지만……. 잠시 떼어놓았던 소지품들을 주섬주섬 챙기고 의자에 앉아서 벗어놓았던 신발을 다시 신는다.

보안 검색대를 무사히 통과할 수 있게
해주셔서 감사합니다.

나는 잊지 않고 펜던트를 목에 건다. 벨트도 매고, 재킷도 다시 걸쳐 입는다. 이제 타블로이드지를 사기 위해 신문가판대로 향한다. "너무 많이 구입하시는 것 아닌가요?" 말리듯 물어보는 점원의 말에도 불구하고 타블로이드지를 다섯 부나 챙겨 든다. 그런 다음 카페로 가서 얼음과 커피가 반씩 섞인 6달러짜리 라지 사이즈의 아이스커피를 주문한다. 게이트로 직행하여 빈자리를 찾아 앉고는 타블로이드지를 펼쳐든다. 그리고 신문 기사의 작은 활자들 속으로 이내 빨려 들어간다. 그렇게 정신을 쏟은 지 한 시간. 눈을 들어 게이트 쪽을 쳐다보니, 전광판에 시카고가 아닌 다른 도시명이 반짝거리고 있는 게 아닌가. 데스크로 가서 혹시 시카고행 비행기의 게이트 넘버가 변경되었느냐고 묻는다. "그렇습니다."라는 대답이 돌아왔다. 허겁지겁 소지품을 챙겨서 변경된 게이트로 향한다. 전광판에 '시카고'라고 적혀 있긴 하지만, 혹시나 하는 마음에 게이트 담당 직원에게 재차 확인해 제대로 찾아왔음을 확인한다.

내가 비행기 여행을 좋아하는 것은 사소한 일들에
사로잡힌 마음을 해방시켜주기 때문이다.
-생텍쥐페리-

승무원이 구역 순서대로 탑승이 진행될 거라고 안내를 한다. 나는 3구역이다. 타블로이드지를 접어서 나머지 잡지들과 함께 포개놓는다. 내 차례가 되려면 10여 분 정도는 기다려야 한다. 이제 곧 국내선 소형 항공기에 몸을 신고 여행을 떠나게 되겠지? 탑승이 시작되고 자리를 찾아서 앉는다. 들고 있던 짐들을 집어넣으려고 보니 수납공간이 그리 여의치 않다. 일단 잡지 꾸러미는 앞 좌석 아래 집어넣고 손가방은 머리 위 짐칸에 넣어두기로 한다. 지갑도 거기 함께 껴 넣는다.

그때 기장의 안내 방송이 흘러나온다. "지금 시카고에는 비가 내리고 있습니다. 그로 인해 우리 비행기의 출발 시간도 30분 늦춰질 예정입니다."

순간 짜증이 머리끝까지 솟구친다. 지연이라니! 꼬박 하루를 산통으로 보냈을 딸아이를 생각하면 1분 1초가 아까운마당에……. 어쩌면 아이가 태어났을지도 모르는데, 한시라도 빨리 딸아이 곁으로 가야 한단 말이다! 하나님께 급히 기도를 드린다.

부디 제 딸을 도와주세요.
제 딸에게 힘을 불어넣어주세요.

다시 타블로이드지에 눈길을 준다. 1면 헤드라인

기사부터 각종 광고가 실린 맨 뒷장까지 샅샅이 읽는다. 특히 여자들의 다이어트 전후를 비교하는 사진이 실린 광고가 한가득인데, 비키니를 입은 여자들 사진 하단에는 10킬로그램, 20킬로그램…… 그들이 감량한 몸무게가 적혀 있다. 세상에, 어떤 여자는 무려 30킬로그램이나 감량했단다! '정말 효과가 있는 걸까? 나도 한번 주문해볼까?' 딸아이의 진통 소식에 만사를 제쳐두고 비행기에 올라 초조하게 출발을 기다리고 있는 나 같은 사람까지도 잠시 고민하게 할 만큼 유혹적인 광고다. 그때 신호음과 함께 휴대 전화의 전원을 끄고 좌석벨트를 착용해달라는 안내 방송이 흘러나온다.

'시간 때우기'라는 본연의 임무를 충실히 수행한 타블로이드지 덕분에 30분이란 시간이 훌쩍 지나갔다. 우리가 탄 소형 비행기는 이제 활주로를 향해 나아간다. 활주로 끄트머리에 이르자 비행기가 방향을 틀면서 엔진 회전에도 덩달아 속도가 붙는다. 비행기가 몸체를 부르르 떨더니, 이륙을 준비하기 위해 활주로를 속도감 있게 질주하기 시작한다. "조금만 더 힘을 내!" 비행기에다 대고 혼자 가만히 속삭인다. 그러고는 기도를 드린다.

비행기가 안전하게 이륙할 수 있도록 해주세요.
운항고도에 순조롭게 도달할 수 있도록 도와주세요.
별 탈 없이 빠르게 날아갈 수 있도록 도와주세요.

그러고 보니 예전처럼 내가 두려움에 떨며 기도하지 않는다는 사실을 퍼뜩 알아차린다. 모든 게 잘 되리라는 신념이 한층 더 단단해진 듯하다. 이 비행기에서 내리면 딸과 만날 수 있다는 설렘 때문일까. '오, 세상에! 이젠 비행기 타는 게 무섭지 않은 것 같아.' 비행기가 왼쪽으로 가파르게 기울어지는데도 전혀 겁이 나지 않는다. 창밖으로 까마득하게 내다보이는 빌딩들이 마치 소형 장난감들 같다.

"이제 곧 몸체를 틀어 항로에 진입하겠지." 혼자 중얼거리며 앞으로 일어날 일들을 점쳐본다. 잠시 후, 비행기가 정말 오른쪽으로 몸체를 기울이며 균형을 맞춘다. 그렇게 비행기는 일련의 과정을 밟아나가며 시카고를 향해 날아가고 있다.

하늘을 날 수 있다는 사실만으로도 인간이 의지만 있다면
불가능해 보이는 것들을 얼마든지 이뤄낼 수 있다는
증거가 된다.

-에디 리켄베커-

다시 신호음이 들리더니 좌석벨트 표시등이 깜빡거린다. 기장의 목소리가 스피커를 타고 흘러나온다. "승객 여러분, 지금부터는 기내를 자유롭게 돌아다니셔도 좋습니다. 다만 예상치 못한 난기류에 대비하여 좌석에 앉아 계실 때는 반드시 안전벨트를 착용해주시기 바랍니다."

예상치 못한 동요가 몇 차례 더 있을지 모른다는 기장의 예보에도 별다른 걱정 없이 잡지를 펼쳐 든다. 어느새 나는 유명 연예인들의 결혼 소식에 푹 빠져든다. 그 어떤 기사보다도 흥미롭고 재미있는 것

이 바로 남의 결혼식 이야기다. 이 행복한 커플은 친구들 수백 명을 교외로 초대해 결혼식 주간 내내 야영을 할 수 있도록 텐트를 임대했다고 한다. 하객들을 위한 음식으로는 지역색을 살린 토종 바비큐를 준비했으며 야외에는 특별히 바도 마련해두었단다. 이 얼마나 로맨틱한 축제인가.

잡지 한 권을 다 읽고 나서 또 다른 잡지에 손을 뻗는다. 이번에도 할리우드 명사들의 결혼 소식이 헤드라인을 장식하고 있지만, 좀 전에 읽은 기사와는 분위기가 사뭇 다르다. '속물들의 결혼식'이라는 제목이 붙은 기사는 결혼식에 초대받지 못한 신부 측 가족에 초점을 맞추고 있었다. 나는 재미도 없고 질까지 떨어지는 기사 따위는 건너뛴 채 운동 삼아 두 다리를 쭉 뻗어본다. 자리에서 일어나 통로를 천천히 걸어가는데 갑자기 비행기가 요동을 치며 기우뚱대기 시작한다. 신호음이 울리고 좌석벨트 표시등에 불이 반짝거린다. 나는 뒤뚱거리며 제자리로 돌아와 앉는다. 기장이 우리에게 미리 경고해둔 바

있는 '예상 밖의 난기류'를 만난 모양이다. 서둘러 좌석벨트를 맨다. 정신이 번쩍 들긴 했지만 그렇다고 불안에 떨 정도는 아니다. '지금쯤이면 도미니카는 한 아이의 엄마가 되어 있겠지…….' 그보다는 딸아이의 상태가 걱정돼 마음이 편치 않다. 도미니카가 편안함을 느낄 수 있도록 기도에 공을 들인다. 내 마음의 평화를 위해서도.

비행기가 평탄한 항로로 갈 수 있게 도와주세요.
비행기의 흔들림을 잘 견딜 수 있게 도와주세요.
당신의 도우시는 손길에 감사를 드립니다.

난기류를 만났음에도 조금도 당황하지 않고 차분히 기도를 마친다. 사실 기도를 통해 하나님께 간청을 드리는 것 같지만, 그분은 내 소망이 무엇인지를 미리 알고 해결해주시는 것만 같다. 친구 제인은 늘 내게 믿음과 두려움 가운데 하나를 선택해야 한다고 말해주었는데, 지금 내 선택은 믿음 쪽으로 기울어진 듯하다. 제라드도 두려움은 얼마든지 뒤로 미룰 수 있는 것이라고 말해주지 않았던가. 내가 지금 하고 있는 것이 바로 그들이 그토록 나에게 바라던 것이 아닌가 싶다.

두려움을 치유해주셔서 감사합니다.

당신의 사랑을 믿을 수 있게 해주셔서 감사합니다.

부디 이번 여행을 즐길 수 있게 도와주세요.

그리고 다음 여행도 즐길 수 있게 도와주세요.

저의 감사를 받아주셔서 감사합니다.

당신을 향한 제 마음은 언제나 감사로 넘칩니다.

잠시 후, 기장의 안내 방송이 흘러나온다.

"승객 여러분, 안전을 위하여 좌석벨트를 꼭 착용해주시기 바랍니다. 이제 우리는 마지막 하강 비행을 시작하려고 합니다. 지금으로부터 20여 분쯤 후에 시카고 오헤어공항에 도착할 것입니다. 예정보다 15분 앞당겨 도착하게 되었음을 알려드립니다."

5분 정도 지나자, 착륙 기어가 굉음을 내며 작동하기 시작한다. 그 굉음이 마음을 편안하게 해준다. 그것은 우리 비행이 아무런 사고 없이 끝나가고 있다는 신호이니까 말이다.

내가 이 세상에 대해 확신을 가지고 안다고 말할 수 있는 것은 하나도 없다. 다만 별들이 있는 풍경은 언제나 나를 꿈꾸게 한다.

-빈센트 반 고흐-

비행기 몸체가 지면에 닿기까지 10분 남짓한 시간이 남아 있으므로 아직 읽지 않은 마지막 잡지를 향해 손을 뻗는다. 거기에는 비행기를 조종하는 유명 배우들에 관한 기사가 여러 장의 사진과 함께 실려 있었는데, 해리슨 포드에서부터 안젤리나 졸리와 브래드 피트에 관한 이야기도 나와 있다. 그들 가운데 단연 눈에 띄는 인물은 전용기를 소유한 존 트라볼타다. 그를 비롯해 대부분의 유명인들은 사진 속에서 비행기 옆에 서 있거나 조종석에 앉아 마음에서 우러나오는 환한 미소를 짓고 있다. 비행하는 것을 정말로 사랑하는 것이다. 그 사진을 보면서 또 다시 기도를 드린다.

이 아마추어 비행사들을 축복해주세요.
그들에게 기술과 능력을 주세요.
그들이 안전하게 비행할 수 있도록 도와주세요.
담대한 마음으로 비행할 수 있게 도와주세요.
그들을 보호하시고 당신의 날개로 떠받쳐주세요.

비행기는 일말의 흔들림도 없이 지상을 향해 순조롭게 하강하고 있다. 활주로의 불빛들을 지나 지면으로 점점 더 가까이 미끄러져 내려가다가 마침내 지상에 안착한다. 기장은 비행기의 후미 쪽으로 불꽃을 뿜어내면서 브레이크를 건다. 속도를 늦춘 비행기는 안전한 속도로 게이트를 향해 이동한다. 나는 다시 기도를 드린다.

저희들이 해냈어요!

감사합니다! 감사합니다!

진정한 여행은 어딘가에 가는 행위, 그 자체다.
일단 도착하면 여행은 끝난 것이다.

-위고 베를롬-

잡지와 손가방과 지갑을 주섬주섬 챙겨 든 나는 휴대 전화를 사용해도 좋다는 방송이 어서 흘러나오길 기다린다. 방송이 나오자마자 딸아이의 휴대폰으로 전화를 건다. 사위가 전화를 받은 줄 알았는데, 웬일인지 도미니카가 전화를 받는다. "엄마!" 딸아이가 반가운 목소리로 맞는다.

"도미니카, 괜찮은 거야?"

"난 괜찮아. 엄마한테 '세라피나'라는 아주 예쁜 손녀가 생겼어. 얼마나 사랑스러운지 몰라. 비행기는 탈 만했어?"

"응, 좋았어."

"무서워서 벌벌 떤 건 아니고?"

"괜찮았어."

"멋진데, 엄마!"

"그러게 말이야! 한 시간만 있으면 만날 수 있겠네."

"응, 기다릴게."

딸아이와 전화를 끊고 나서 해야 할 일을 머릿속으로 정리해본다. 우선 수화물 수취대에서 가방을 찾은 뒤 택시를 잡아타야 한다. 그리고 곧장 병원으로 달려가야 한다.

공항에 도착하자마자 수하물 컨베이어 벨트에서 가방을 찾는다. 새빨간 리본이 달려 있어 단연 눈에 띄는 가방이 내 손 안에 들어온다. 떠나기 전에 짐을 최소한으로 줄인 덕분에 들어올리기도 수월하다. 곧장 택시들이 늘어서 있는 곳으로 발걸음을 옮긴다. 마음 같아서는 먼저 줄을 서서 기다리고 있는 사람들에게 "제가 먼저 좀 타야겠어요. 우리 딸이 방금 애를 낳았거든요."라고 양해를 구하고, 후다닥 택시에 기어오르고 싶은 심정이다. 다행히 기다리는 줄이 길지 않아 침착하게 차례를 기다렸다 택시에 올라탄다. 목 뒷덜미에 길게 문신을 새기고 머리를 빡빡 민 택시 기사에게 병원 이름과 주소를 일러준다. 택시가 출발한다. 교통은 붐비고, 택시 기사는 말이 많다.

"비행기 여행은 괜찮으셨어요?"

"네, 아주 좋았어요."

"비행기가 흔들리지는 않았나요?"

"몇 번 그러기야 했죠."

"그런데도 비행기 여행이 좋았다고 하시니 놀랍네요."

"비행기가 이륙하자마자 약간 흔들렸고 그 뒤에도 몇 차례 더 그러긴 했는데, 뭐 그 정도는 견딜 만해요."

"비행기 타는 걸 전혀 겁내지 않으시네요."

"예나 지금이나 겁이 나긴 마찬가지예요. 그런데 이번 여행은 이상하게도 참 편안했어요."

한 번이라도 하늘을 날아본 사람은 언젠가 다시 땅에 발을 딛게 되더라도 죽을 때까지 하늘을 바라보며 살게 될 것이다. 그곳은 마치 다시 돌아가고 싶은, 그리운 고향과 같기 때문이다.

-레오나르도 다빈치-

"제가 모신 공항 손님들 중에 비행 공포증을 가진 분들이 얼마나 많은지 들으시면 아마 놀라실 걸요."

"사람 얼굴을 보기만 해도 비행 공포증이 있는지 없는지 아세요?"

"그야 제가 여쭤봐서 아는 거죠. 덕분에 손님들과 얘기도 나눌 수 있고요." 택시 기사가 껄껄 웃으며 답한다. "그런데 예전에는 비행기 타는 게 겁나셨다고 했죠?"

"네, 끔찍했죠."

"하지만 제가 운전하고 있는 이 택시보다 비행기가 더 안전한지도 몰라요."

"똑같은 얘기를 전에도 몇 번 들어본 적이 있는데, 그런다고 불안이 가시지는 않더라고요."

"그렇죠. 두려움은 이성으로 설득할 수 있는 문제가 아니니까요."

"맞아요! 제가 사람들에게 늘 얘기하는 게 바로 그거라니까요."

"그런데 어째서 이번 비행기 여행은 전혀 겁나지 않으셨던 거죠?"

"제 딸아이가 애를 낳고 있어서, 정신이 온통 그 애한테 가 있었거든요. 아, 그리고 친구가 알려준 '두려움 미루기 전략'도 요긴하게 잘 썼어요."

"그게 뭔지는 잘 모르겠지만 아무튼 좋은 방법인 것 같군요."

"두려움을 극복하기 위해 이 방법 저 방법 다 써보긴 했는데 어떤 방법이 통했는지는 사실 모르겠어요. 어쨌든 이번 여행은 전혀 무섭지가 않았어요. 참, 기도도 많이 드렸네요."

"실례가 안 된다면, 손님의 비법을 다른 손님들에게 전해줘도 될까요? 얼마나 많은 손님들이 비행기 여행을 무서워하는지 몰라요. 제 짐작으로는 서너

명 가운데 한 명은 그런 것 같아요."

"비행기 여행이 무섭다는 건 어쩌면 우리 뜻대로 할 수 있는 게 아무것도 없기 때문인지도 몰라요. 생면부지의 조종사에게 우리 목숨을 송두리째 내맡겨야 하는 거잖아요. 그다음으로 큰 게 밀실공포증인 것 같아요. 특히 소형 비행기는 그런 공포를 더 가중시키죠. 작은 공간에 갇혀 있으면 얼마나 갑갑한지 몰라요. 거기에 비행기까지 흔들거리면 멀쩡하던 사람들도 겁을 집어먹게 되죠. 그래서 전 비행 내내 입버릇처럼 기도를 드려요."

"저도 가끔 도로가 꽉 막혔을 때 기도를 드린답니다."

"맞아요. 견디기 힘든 상황이 닥치면 결국 하나님을 찾게 되죠. 하나님 성품이 좋아서 참 다행이에요."

"그게 무슨 말씀이세요?"

"하나님은 '뭘 꾸물거리다 이제야 왔느냐!'고 책망하는 법도 없이 우리 기도에 일일이 응답해주시잖아요."

택시 기사가 내 생각이 재미있다는 듯 너털웃음을 터뜨린다. 도로는 꽉 막혀 있지만, 우리는 수다를 떨며 길고 지루한 시간을 털어버린다. 그와의 대화를 통해 새로 알게 된 사실도 퍽 흥미롭다. 물론 택시 기사 개인의 추산이긴 하지만, 비행을 두려워하는 사람들의 수가 그렇게나 많다는 사실이 무척이나 놀랍다. 내 상상을 훌쩍 뛰어넘는 숫자다. 비행에 대한 공포를 가진 사람이 그 정도로 많다면, 항공사들로서도 문제의 심각성을 인정하지 않을 수 없을 것이다. 그렇다면 앞으로는 기내 안내 방송에 다음과 같은 내용을 추가해 넣는 것이 도움이 되지 않을까?

"비행을 두려워하시는 분들이 많다는 걸 저희도 잘 알고 있습니다. 따라서 여러분의 안전을 위해 최선을 다할 것을 약속드립니다. 여러분이 타고 계신 비행기의 기장과 승무원들은 충분한 경력과 기술을 갖추고 있으며, 비행기가 흔들릴 때 취해야 할 조치에 대해서도 잘 알고 있습니다. 저희의 전문성을 믿어주십시오. 이제 편안한 자세로 비행을 즐기시기 바랍니다. 즐거운 여행 되십시오."

안내 방송에 관해 방금 떠오른 내 생각을 이야기 하자, 택시 기사가 웃음을 터뜨리며 답한다. "그런데 거기에 하나님 얘기는 하나도 안 넣었네요."

"'안전한 운항을 위해 우리 함께 기도합시다.' 이것도 넣을까요?" 내가 묻는다.

"사람들이 당황하겠는데요?" 잠자코 듣고 있던 택시 기사가 입을 연다. "어쨌든 마지막 순간에 매달리게 되는 건 신의 도움이지요."

"맞아요, 저에게는 그게 하나님인 거죠." 택시 기사의 말을 곱씹어본다. "지난번에 비행기를 탔을 때 제 옆자리에 앉으신 분이 저더러 기도를 하는 거냐고 묻더라고요. 솔직하게 그렇다고 얘기하고 나서 함께 기도를 드렸죠. 그 덕분에 둘 다 마음이 편안해졌어요."

택시 기사가 빙긋 미소를 지으며 말한다. "도로가 이렇게 막히는데 기도나 한번 해주시죠!"

교통이 얼마나 지독하게 막히는지 도로 위에 꽉

들어찬 차들이 옴짝달싹을 못하고 서 있다. '그래, 못할 게 뭐람?' 하는 생각이 들어 기도를 드린다.

부디 저희에게 도움의 손길을 내밀어주세요.

교통이 제발 원활해질 수 있게 해주세요.

저희들이 목적지까지 더 빨리 도착하게 해주세요.

안전하게 달릴 수 있게 해주세요.

"좋은 기도네요. 고맙습니다. 앞으로 저도 기도를 자주 해야겠어요. 어! 정체가 풀리고 있어요. 속력을 내볼 수 있겠는걸요."

"잘됐네요. 가능하면 빨리 병원에 도착하면 좋을 텐데. 딸이 방금 전에 아이를 낳았거든요."

"첫 손주인가 봐요?"

"네."

"그렇다면 제가 20분 안에 병원에 모셔다 드리죠!"

뒷좌석에 편히 기대어 앉아 나를 향해 성큼성큼 다가오는 시카고의 마천루를 응시한다. 병원은 100층

높이를 자랑하는 존 행콕 타워와 이웃해 있다. 저 멀리 보이는 존 행콕 타워에 시선을 떼지 못한 채 설레는 마음을 진정시킨다. 택시는 목적지에 점점 더 근접하더니 15분 후에는 존 행콕 타워 옆 골목으로 진입하고, 20분이 지나서는 드디어 병원 앞에 멈춰 선다. 고생한 기사에게 40달러를 치르고, 팁도 조금 얹어준다.

병원 안으로 곧장 뛰어 들어간 나는 접수 데스크에서 딸의 이름을 대고 방문객 출입증을 발급받는다. 도미니카는 이 병원 11층에 입원해 있다. 세련된 인테리어 덕분인지 병원이 전체적으로 현대적이고 쾌적한 느낌이다. 고맙게도 엘리베이터의 속도도 빠르다. 엘리베이터에서 내려 표지판이 가르쳐주는 대로 1103호를 향해 걸음을 내딛는다. 방으로 들어서는데, 감정이 한없이 북받쳐 오른다. 침상에 누워 두 팔로 갓난아이를 보듬고 있는 딸의 모습이 보인다. 그렇게 화사하고 찬란한 모습은 어디서도 볼 수 없으리라.

"엄마! 세라피나예요." 딸아이가 감격에 젖어 말한다.

"안녕, 세라피나! 안녕, 도미니카!" 반갑고도 조심스러운 마음에 한쪽으로 비켜서서 딸에게 입맞춤을 한다. 사위 토니가 두 모녀 곁을 지키고 있다. "잘 있었나, 토니!" 사위에게도 인사를 건넨다.

"예쁘죠?" 그가 내 인사에 화답한다.

"도미니카 말인가, 세라피나 말인가? 아님 둘 다?"

"둘 다죠." 그가 웃는다.

그때 나의 전 남편이자 도미니카의 생부가 문을 열어젖히며 병실로 들어온다.

"아빠!" 도미니카가 큰소리로 반긴다. "아빠, 세라피나예요. 세라피나, 외할아버지야."

감사하고 흐뭇한 마음으로 모두가 웃음을 터뜨린다.

"한번 안아보시겠어요?" 도미니카가 아버지에게 묻더니 아버지 품에 아기를 조심스럽게 건네준다.

"네가 태어났을 때도 요만했더랬지." 그가 도미니

카를 보며 말한다. 토니가 이제 막 할아버지가 된 장인에게 의자를 권하자, 그가 조심스럽게 그 위에 앉는다. 두 팔에 안긴 세라피나를 흔들어주는 그의 얼굴에 진정한 행복이 보인다. 나처럼 그 역시도 아이와 사랑에 빠진 게 틀림없다. 그 후로도 한 시간 남짓 그는 아이를 안고 줄곧 흔들어준다. 세라피나는 3킬로그램의 작은 체구로 태어났지만 다행히도 건강하다.

"제가 이제 안을게요." 아이가 몸을 뒤척거리며 칭얼대자 도미니카가 말한다. 도미니카가 젖을 물리자, 세라피나가 맹렬하게 달려든다. "그래, 엄마 여기 있어." 도미니카가 흥얼거리듯이 아이를 달랜다.

아이가 엄마 젖을 먹는 동안 그제야 우리는 서로의 안부를 물으며 이야기꽃을 피운다.

"비행기 여행은 어땠어?" 전 남편이 묻는다.

"아주 좋았어. 비행기가 조금 흔들리긴 했지만."

"내가 타고 온 비행기도 그랬지. 난기류는 정말 딱 질색이야. 당신도 그렇지 않아?"

"하지만 웬일인지 이번에는 괴롭지가 않더라구. 안전한 비행이 될 수 있게 해달라고 기도를 여러 번 드렸거든."

"다음번엔 나도 그렇게 해봐야겠군."

"제라드가 한 가지 방법을 알려줬어. 두려움과 걱정을 가능한 한 뒤로 미루라고."

"거 괜찮은데." 그가 무릎을 친다. "그 방법도 한번 써봐야겠군."

"내가 썼던 마지막 방법은 타블로이드지를 읽는 거였어." 전 남편에게 내가 아는 모든 방법을 전수해준다. "다른 사람의 불행한 소식이 나한테는 왠지 모를 위로가 되더라구. 유명 인사들의 비극은 특히 더 그렇다니까."

"그게 뭔지 알 것 같아."

"엄마, 아빠. 저희를 보러 오려면 두 분 다 비행 공포증을 극복하셔야 해요." 도미니카가 말한다.

"비행기 타는 게 두려운 건 사실이지만 그래도 너희들 보러 자주 올 거야." 그가 딸에게 말한다.

“나는 이번에는 무섭지 않았다니까. 어쩌면 내 병은 다 고쳐졌는지도 몰라.” 내가 자신 있게 대답한다.

“세라피나라는 좋은 명분이 있었기 때문일지도 몰라요.” 도미니카가 아기의 턱을 살살 건드려본다. “쉿! 잠들었어요.”

아기의 잠은 이제 그만 이 병실을 빠져나가도 좋다는 신호와 같다. 세라피나의 외할아버지는 병실에서 살금살금 퇴장한다. 그와 동시에 토니의 부모님이 살금살금 병실에 등장한다. 그들은 자그마한 아기를 오래도록 굽어본다.

“잠들었어요.” 도미니카가 소곤소곤 이야기한다.

“참 예쁘게 생겼죠.” 세라피나의 할머니, 할아버지에게 내가 속삭인다.

“네, 맞아요.” 그들도 나지막한 목소리로 화답한다.

그렇게 속닥거리는 대화가 한 시간은 족히 이어진다. 아기를 품에 안고 흔드는 도미니카의 모습이 환하게 빛난다. 토니는 한 가정을 책임져야 할 위엄을 풍기는 파수꾼의 얼굴을 하고 모녀의 침상 곁을 지키고 있다. 세상 그 어떤 풍경도 지금 이 순간만큼 평화롭지 않으리라.

세라피나의 할머니가 조용한 목소리로 말을 걸어온다. "저녁 같이 드시겠어요?"

그러고 보니 종일 한 끼도 먹지 못했다. "그럼요, 먹어야죠." 고개를 끄덕이며 그들을 따라 식당으로 나선다.

파랑새는 하늘을 등에 업은 채 날아다닌다.

-헨리 데이비드 소로우-

도미니카는 아기가 보내올 신호에 대비해 시시각각 촉각을 곤두세우고 있다. 토니의 부모님, 그러니까 '프렌젤 할머니와 할아버지'는 포시 델리에서 아들 부부가 가장 좋아하는 음식을 사다 나르며 연신 마음을 쓴다. 얼마나 정성을 쏟는지 아들 부부네 집에 있는 냉장고까지 가득 채워줄 정도다.

출산 후 사흘째 되는 날, 새로 맺어진 작은 가족이

병원을 나와 자신들의 집으로 돌아간다. 두 사람은 아기용 카시트 사용법을 미리 숙지해두었기에 별 탈 없이 집에 도착한다. 프렌젤 부부와 나는 세 식구가 집안에 편히 발을 들여놓을 수 있도록 정성을 다해 돕는다. 저녁 식사는 평소에 즐겨 찾던 '사이 카페'라는 레스토랑에서 공수해온 음식으로 대신한다.

"고맙습니다, 고맙습니다." 도미니카는 자신을 도와주는 사람들의 마음과 손길에 진심으로 감사 인사를 전한다.

이제 나는 며칠 신세를 진 사돈댁에서 나와 오랜 친구인 미셸 로렌스의 집으로 거처를 옮길 생각이다. 미셸은 토니와 도미니카의 결혼식에 주례를 서주기도 했다.

"미셸 아줌마네로 가는 거예요?" 도미니카가 묻는다.

"응, 원래부터 미셸한테 가려고 했었는걸. 집에 돌아가려면 아침 일찍 비행기를 타야 하는데, 그 친구 운전기사가 나를 공항에 태워다줄 수 있대."

"잘됐네."

때때로 비행은 신의 영역과 같아서 인간이 도달할 수 있는 경지가 아닌 것처럼 느껴질 때가 있다. 천상의 세계는 너무 아름답고, 너무 경이롭고, 너무 멀리 떨어져 있어서 인간의 눈으로는 식별하기 어렵게 느껴지기도 한다.

-찰스 린드버그-

비행기에 오르기 전에 내가 얼마나 긴장할지를 누구보다 잘 아는 도미니카는 걱정스런 눈길로 나를 바라본다.

"이번에도 틀림없이 괜찮을 거야." 도리어 내가 딸아이를 안심시키려 애쓴다.

"진짜 괜찮은 거야?"

"그럼, 비행기 타기 하루 전날인데도 하나도 떨리지 않아."

"진짜 다행이야, 엄마!" 도미니카가 한껏 들떠서 말한다.

갓 태어난 아이를 품에 안은 도미니카를 보고 있

노라면, 내 삶이 한결 더 드넓어지고 깊어진 듯한 느낌이다. 희망찬 예감에 내 가슴이 벅차오른다. 세라피나를 달래고 보듬는 도미니카를 보고 있으면 비행에 대한 공포는 어느새 사라져버린다.

비행기가 나를 데려다줄 유일한 수단임에도 비행기 타기를 주저했던 지난날의 내 모습이 지금은 상상조차 되지 않으니, 기도가 이루어지는 것이 어떤 것인지를 나는 지금 온몸으로 체험하고 있는지도 모르겠다.

"감사합니다." 또다시 기도를 드린다.

"감사합니다."

모든 여행은 결국 제자리, 즉
집으로 돌아와서야 끝이 난다.

-크리스 게이거-

여행을 앞둔 당신에게

초판 1쇄 2014년 4월 7일

지은이 | 줄리아 카메론
옮긴이 | 정신아

발행인 | 노재현
제작총괄 | 손장환
편집장 | 박민주
책임편집 | 이선지
디자인 | 권오경
제작지원 | 김훈일
마케팅 | 김동현 김용호 이진규

펴낸 곳 | 중앙북스(주)
등록 | 2007년 2월 13일 제2-4561호
주소 | (121-904) 서울시 마포구 상암산로 48-6(상암동, DMCC 빌딩 20층)
대표전화 | 1588-0950
내용문의 | (02) 2031-1386
팩스 | (02) 2031-1399

photo@박민주 | 4(왼쪽에서 세 번째), 88, 106, 173, 184p

ISBN 978-89-278-0543-4 03840